JN214985

前頁：片倉みどり、祖母と暮らした鮎沢の家の前で
上：著者と従妹の鮎沢悦子さん
左：志多亭の大家と高野槙の大樹を背景に

上：「こんな昔の写真が出てきましたのでコピーしました。恐らくお天狗さま辺りから撮ったものではないでしょうか」従兄弟の鮎沢千尋さんからの手紙より

下：現在の風景、鮎沢から天竜川対岸の三沢方面を望む

横内家

右頁上：JR 中央線、三沢を通る新設された短絡線
右頁下：墓下を貫通するトンネル入り口
上：三沢の高道墓地　　次頁：高尾山へ向かう道

九十五歳　みどりさんの綴り方

わたしを育てた岡谷のひとびと

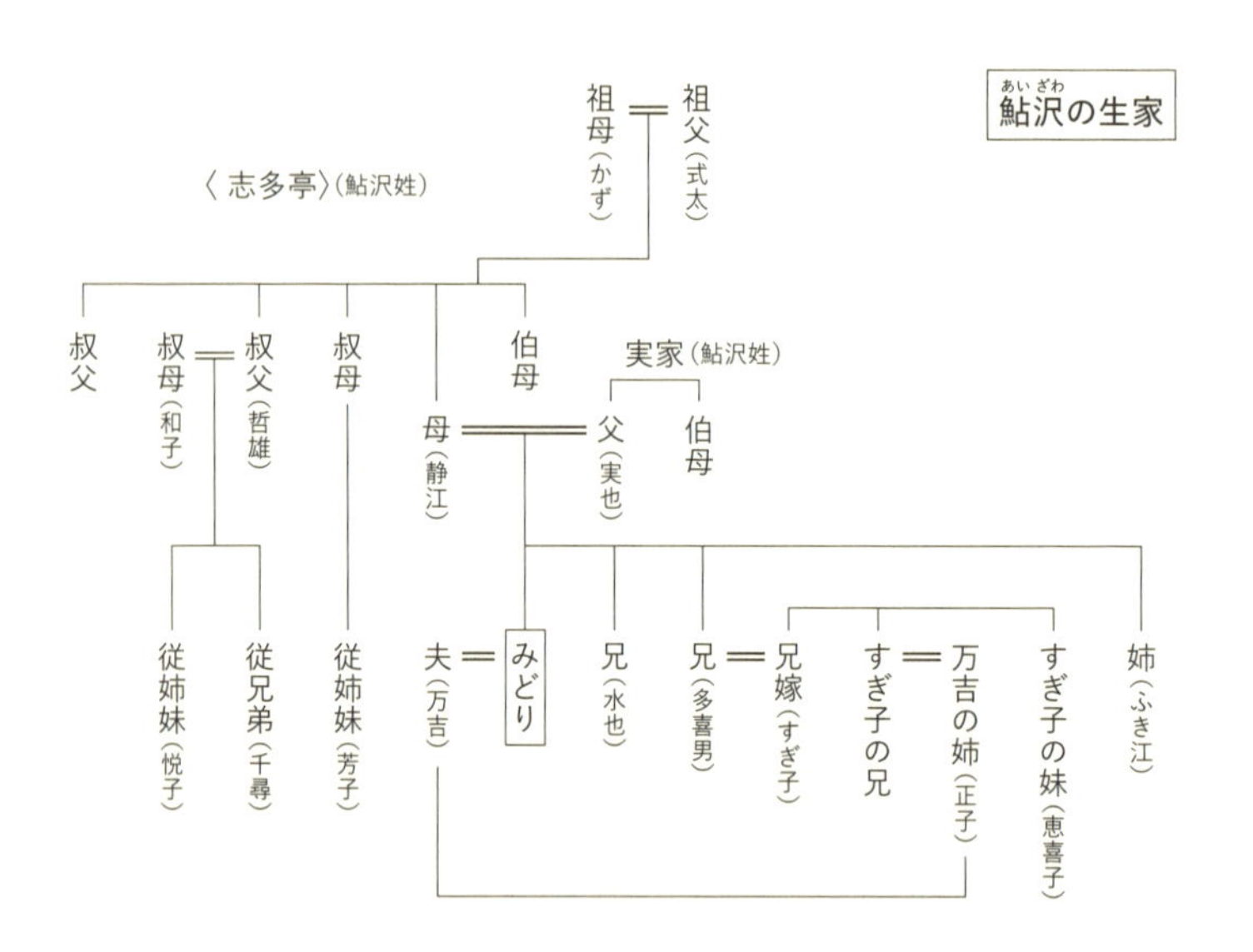

鮎沢の生家
〈志多亭〉（鮎沢姓）
祖父（式太）
祖母（かず）
叔父
叔母（和子）
叔父（哲雄）
叔母
伯母
実家（鮎沢姓）
母（静江）
父（実也）
伯母
従姉妹（悦子）
従兄弟（千尋）
従姉妹（芳子）
夫（万吉）
みどり
兄（水也）
兄（多喜男）
兄嫁（すぎ子）
すぎ子の兄
万吉の姉（正子）
すぎ子の妹（恵喜子）
姉（ふき江）

志多亭の人々

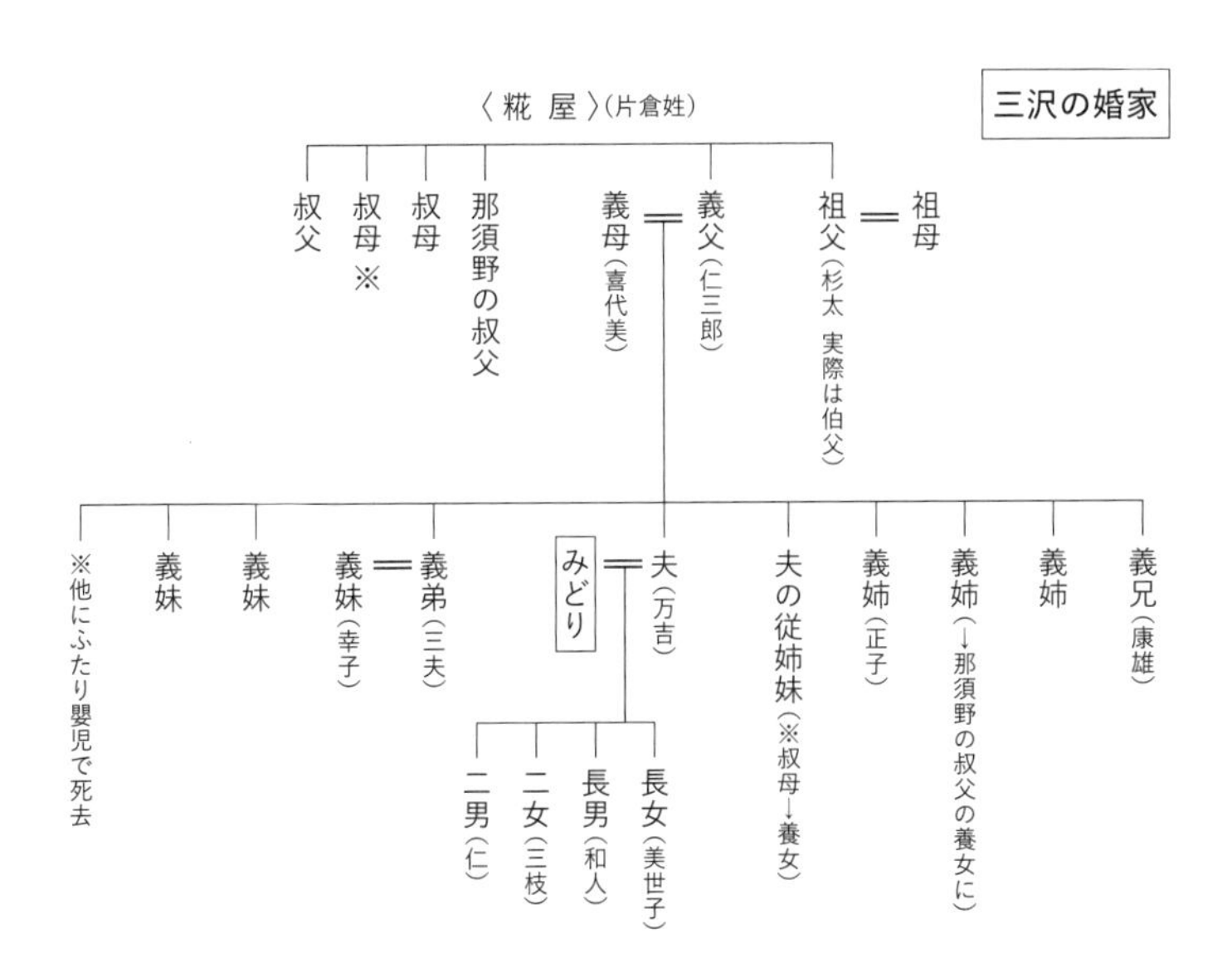

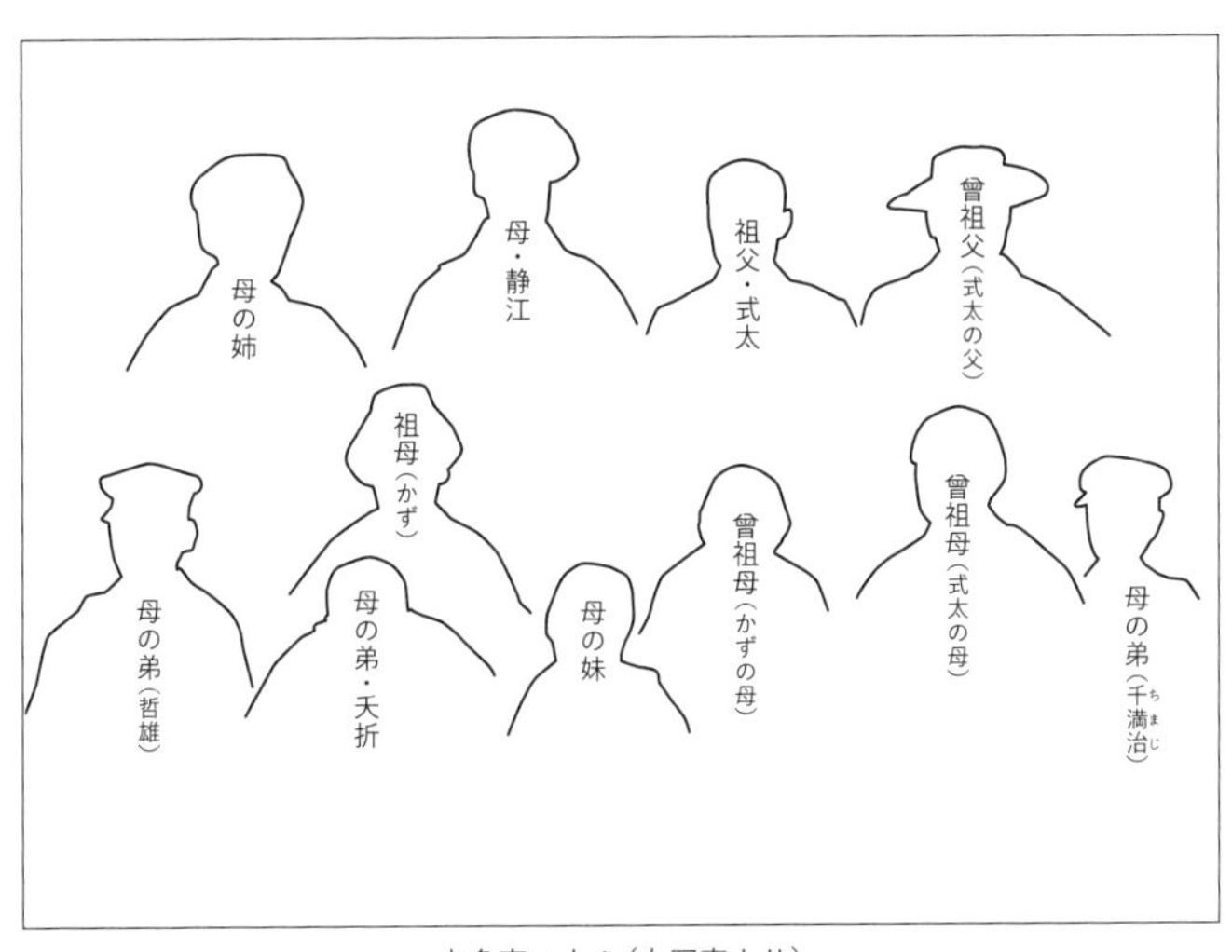

志多亭の人々（右写真より）

母から届いた手紙

新型コロナ対策の移動自粛により父・万吉の一周忌に郷里の岡谷に帰ることができませんでした。母・みどりは耳が遠く、電話では思うように会話が成り立ちません。一年以上、母と直接会うことはなかったのですが、そのかわり最初は安否確認も兼ねて、手紙で母とやり取りを始めました。母が歌を詠むことは知っていましたが、エッセイのような文も書ける人だとは思ってはいませんでした。母から矢継ぎ早に多くの手紙を受け取りました。半年ほどして、もう書くことがないと言って、母からの手紙は途絶えました。

わたしはペンをもつ仲間たちと「農と人とくらし研究センター」を立ち上げ、今も代表をつとめています。このＮＰＯ法人で最初に取り組んだ研究テーマは、「生活が良くなるとは何だったのか？　戦後の日本の村の経験から」というものでした。戦後の高度経済成長により農村の暮らしは大きく変わりました。改善しなければならない多くの課題がありましたが、同時に失ってはいけなかったものがあったのではないか。そうした問題意識をもって、生活改善普及事業にかかわった関係者から聞き取りをしてきました。

農村の自給的な暮らしのなかで女性たちは必要に迫られ幾多の手仕事の技を身につけ雑多な役割をこなしてきました。生活スタイルが変わり、それらの多くは今では無用となっていますが、かつての女性たちの暮らしぶりは、決して当たり前なことではなく、多くの苦労と忍耐と創造が伴うものでした。いま思うと、農村女性はみな押しなべて偉大であった、というほかないと思っています。母も戦中戦後の激動の時代を生きた農村の女性の一人です。灯台下暗しというか、母の半生も研究の対象になりうることに遅ればせながら気づきました。子どもの頃にさかのぼって、たずさわった仕事の経験と暮らしの中で身につけた技の数々を思い出して、手紙に書きとめてほしいと頼みました。

母の父・鮎沢(あいざわ)実也、つまり私の母方の祖父に当たりますが、その晩年は、文字通り晴耕雨読を地で行くような暮らしぶりでした。二十代の学生時代に私が戦前の農本主義を研究テーマに選んだのは、たぶん祖父の存在が強く影響していたからだと思います。

祖父の生きた時代とその思想を知りたかったのですが、彼が残した蔵書は破棄され、祖父を研究対象にすること自体はあきらめざるをえませんでした。最近になって、「農村青年社事件」の資料の中に、祖父・実也の名前を見つけました。この事件は保阪正康著『農村青年社事件　昭和アナキストの見た幻』(筑摩選書、２０１１年)によれば、長野県の特高警察によるデッチ上げだったようです。母から戦前に祖父が国賊と呼ばれたこと、赤い夕陽を見たいと満州に行ったが痩せこけて間もなく帰ってきたことを聞いていました。この農村青年社事件と祖父の満州行きには何か関係があるのか、手紙の中で母に問いました。

母とちがって父・万吉は筆をもつことが少ない人でした。原稿を書いている姿を目にしたのは、葬儀や市議会の前日くらいで、弔辞や質問のため以外はあまり記憶にありません。父が脳梗塞で倒れた後に、リハビリのために作業療法士の方が父の生涯を聞き取ってくださいました。その記録の一部を母の文章の中に挟んでいます。

父は十七歳で満州に渡り十九歳で徴兵され、半年間だけ軍隊生活を送りました。敗戦でソ連の捕虜となり、四年後に生きて帰ってきました。父が八十四歳のとき、わたしは父に訊きました。戦争は殺し合いだけど、オヤジさんは軍隊にいたとき、人を殺さなければならないということがあったのか、と。戦後の価値観では人を殺すことは無条件に悪いことだから、断罪しているようで長いあいだ訊くことができませんでした。三十年の自縛が解けたのは、ある読書会で栗原幸夫さんと彼の「惰性化した日常の外へ」という短文に出会い、もし自分が戦中に生きていたら、自分も人を殺していたかもしれないと思えたからです。

「わたしたちは検事や裁判官のように『裁く者』ではないのだ。むしろ歴史の共犯者としての被告あるいは被告になりうる者なのである。(中略) 被告だけが生活者であり行動する者なのだ。(中略) 被告だけが自分の行為の責任を問われる資格を持っている」

父は物資を運ぶ輜重隊に配属されたので戦闘は経験していませんでした。

父に、もう一つ訊きました。今までの人生の中で一番つらかったのはなにか、と。十年以上続いたトンネル反対闘争や左翼活動家としての逮捕を予想していましたが、父の答えは全くちがっていました。一番つらかった経験は、ソ連での捕虜時代、収容所内の民主化運動のなかで、初年兵の自分が将校に向かって「今日からもう飯上げはしません」と言いに行かねばならなかったことでした。捕虜になっても元の軍隊の階級は維持されなければならない。民主化運動は、この国際法の決まりを破ることになる。古年兵たちにたきつけられただけでなく、ソ連の側からの働きかけもあったと思うと父は言っていました。

「飯上げ」とは、軍隊内の用語で、調理した食事を運ぶこと。初年兵、つまり一番地位の低い兵士がそれを担っていました。二十歳そこその若者が、これまで絶対服従と叩き込まれてきた上官に向かって、それを口にしなければならない。天地がひっくりかえる、父にとってそうした経験だったのではないでしょうか。

捕虜の四年間のことを、父は「人民大学で学んだ」と言っていました。収容所では、捕虜となった人たちが共同生活をし、少ない食べ物を分け合い、過酷な労働に従事する日々を送りました。捕虜生活で「裸の人間をみた」とも言っていました。年齢や生まれや社会的な肩書などがすべて関係なくなった裸のままの姿、その人の本性、人間性が露わになる、と。人が共に生きていく上で、何が本当に必要なのか、何が最も大切なのか、父はそこで学んだのだと思います。

そんな父の名が新聞で大きく報じられたことがあります。数年前に当時の新聞を検索したら、一九五三年三月三日の大手全国紙の夕刊に「警察爆破計画　岡谷でダイナマイトを押収」（読売新聞）、「警察爆破の陰謀発覚 長野 日共党員三名を検挙」（毎日新聞）という見出しの記事がありました。姉・美世子が生まれる前日で、逮捕された一人が二十七歳の父です。

朝鮮戦争の最中のことです。朝鮮戦争は、ほとんどの日本人にとっては戦後の世界における遠くの出来事だったのではないでしょうか。今からみると、当時の共産党の行動は不可解にみえるかもしれません。でも、共産党員にとって、朝鮮戦争は北と南の二つのイデオロギー陣営の戦いであり、その最中、彼らは国内にあったが北側に立って戦っていた。いわば戦時下にあったと想像してみてください。それを抜きに、あの時代の父たちを語ることはできないと思います。

母からの手紙の内容は、はじめは私の問いかけに答えるものでしたが、すぐに母が書きたいことを書いて送ってくるようになりました。自分を育ててくれた人たちを中心に、母の心に深く刻まれた人々の肖像が母の言葉で写し取られています。

母は六十四才のときに地元の短歌教室に通い、今でも歌を詠み続けています。七十代には、自分史サークルに入って、個人的な出来事を書き残していました。この本の中に、手紙の文章とは別に、母の短歌三十首と、病床日記を付け加えています。

「わたしは良い母親ではないかもしれないが、あなたたちは母親がいるだけでありがたいと思いなさい」。子どもを育てる中で、よく母はそう口にしました。彼女には母親がいなかったから、母親がどういうものか自分はわかっていない。私はその言葉を聞いて、彼女が母親として引け目を感じているのではないかと思いました。と同時に、世間の母親は自分の母とは違って、もっと母親らしいのではないか、と勝手に想像していました。子ども心に理想の母親像を描いていましたが、実際にはそんな母親はどこにもいないことを知ったのは大人になってからです。

書くという行為は誰かに向けられた手紙であっても、常に自分との対話です。文を書いていく中で初めて気づくことがあります。そうした気づきは九十歳を超えてもあるのです。母親を見失って赤子は泣き叫びます。はたからは、泣いている暇などないほど気丈で波乱に満ちた生涯に見えますが、彼女の中で泣き叫ぶ声はずっと続いていました。少なくとも彼女の子たちはその声を聴き取っていたと思います。でも泣き声はぴたりと止みました。九十二歳にして、母親を見つけたのだと思います。

長男・片倉和人

目次

母から届いた手紙 …… 4
息子への手紙 …… 16
母のこと …… 16
祖母のこと …… 20
祖母との暮らし …… 23
鰻の蒲焼き …… 30
父のこと …… 32
地主制度の終わり …… 36
戦時中の東京見物 …… 43

川岸村の思い出……46
姉、兄、叔父、叔母のこと……50
小学生の頃……54
女学校で学徒動員……57
卒業後の「放浪」期間……61
嫁ぎ先での暮らし……66
水を汲むつるべの音……71
家の仕事……73
初産……77
子どもたちのこと……80
夫・万吉のこと……88
出会い……92
夜の映画館……97
私は出ていきます……98
岡谷署爆破未遂事件……102

トンネル問題① …… 113
トンネル問題② …… 118
トンネル問題③ …… 120
四年の捕虜生活 …… 124
片倉万吉の生涯 …… 128
短歌 …… 142
病床日記 …… 162
手術前 …… 162
手術後 …… 164
迷走神経と私 …… 167

外泊 171
退院 176
春の訪れ 178
最後の手紙　ふたたび祖母のこと、そして母のこと 181
あとがきにかえて　コロナ禍での母との文通 187

息子への手紙

母のこと

私は数え年四歳にして、この世で一番大切な母を失う。今まで九十年、一日たりとも心から離れたことのなかった恋しい母ですが、物心ついた時は、祖母と二人の生活でした。小学校入学の時、従兄弟の千尋さんと二人並んでいる写真を見ると、自分の存在は思い浮かぶけれども、実際には、その時とて全然記憶にはありません。

従兄弟の千尋さん（左）と著者

上下揃いのセーラー服、黒靴下に新しい靴、濃緑のラシャの帽子、新しい掛カバン、オカッパ頭にぞうり袋を下げた写真。池をバックに可愛い一年生、写真のお陰で当時の姿が残りました。貴重な写真です。母の実家の祖母に預けられ、育てられた私は幸せでした。裕福な家で、何不自由なく育ててもらい、子ども心にもありがたいと思っていました。

（２０２１年５月28日）

母について考えてみたことがあります。母は三十四歳の時に私を産みました。そして三年後にこの世を去りました。死因は結核、当時は不治の病でした。

私がもし生まれて来なかったならば、結核に侵されなかったのではないか。ただでさえ苦労の多い生活に、私という手のかかる子が上乗せされて、病気になったのでは、と考えました。薬ができるのがもっと早かったならば、とも考えましたが、私が考えてどうなるものではないと思い、早逝した母の分まで、私が生きてやろうと心に誓ったのでした。せめて母の二倍まで、すると三十八歳×２＝七十六歳か。そして七十六歳になった時は、達成できて喜びました。

（２０２１年６月１日）

母が生きていた頃の話をします。父から聞いたこと。母は体格がよく、仕事が上手だった。隣の人と座って並んだ時などは、膝の高さが倍ぐらい違った。

父が子どもを可愛がるのは、当たり前だと思うが、「みどりを可愛がってくれるので嬉しい」と、母は喜んでいたという。上の三人の子を、父はあまり可愛がってはいなかったのか。私は歳をとってからの子だったので、少し余裕ができたのか。

母・鮎沢静江

冬、父がこたつに入れる炭焼きなど、暮らしに必要な仕事を一生懸命した時は、夕食に大好物の芋汁を作ってくれたという。母の死が、四十歳の父にとって、どんなに悲しかったかは、言うまでもないし、知るよしもない。けれど、長女ふき江の死はそれを凌ぐ哀しみだったと言ったこともある。

母の生きていた頃、隣のおばさんとは、自分の姉妹より仲の良いつき合いだったという。おばさんは母のことを色々話して聞かせてくれた。私がお腹にいる頃、楽しく笑ったりすると「あまり笑うと、こんぼこが出てしまう」と言って笑ったそうです。蚕の桑が足りなくて、貸してくれと言ってきたこともあったとか。母が亡くなるその時間に、家に訪ねて来た母の夢を見たとか。

父は父で、お隣のおじさんと性が合って、母亡き後も変わらず仲良くつき合いました。一度なんでそうなったのか、私は子どもだったので聞きませんし、知りませんでしたが、お隣で火事を起こしたことがありました。私が志多亭（したで）（屋号）にいた頃、祖母が、「みどりの家が火事だそうだで、すぐ行ってこい」と教えてくれたので、びっくりして飛んで行ったら、自分の家ではなく、お隣でした。家でなくて良かったと、ちょっと思いましたが、すぐ水運びに必死になりました。大勢の人たちが集まって、一生懸命尽くしたお陰で、火事は大事にならず、食い止めることができました。火元のおじさんの兼雄さんは、茅葺の屋根に移った火を消すのに、水が切れて燃え広がるのを避けるために、運ばれてくる水をかけず、雑巾に水を浸して次の水が来るまで火を撫でるようにしていたという。沈着の行動だったと、父が感心していたのも覚えています。

お互いに困った時は助け合って暮らしていました。とにかく母を悪く言う人はなく、私の耳に入る母は、働き者、仕事上手、早起き、人の世話をするのも好きで、「静さ、静さ」と好かれていたということです。婚家がお墓の近くにあったので、盆とか彼岸とかには、村の人たちが母の家に気安く寄って賑やかだったそうです。

（２０２１年２月20日）

祖母のこと

祖母は数えの五歳、満四歳の私を、母代わりに育ててくれた育ての親です。祖母も母と同じようにできた方でした。私を引き取ってくれたのは、六十五歳の時でした。旧家の生まれで、祖母の実家は古いことで一番。代々の石塔が並んでいるのを見ると、和亭（わで）（屋号）の石塔には重々しい笠がかけられています。古くから村人のために役立った家だと聞きましたが、私の知る和亭は、昼でも暗い古く大きな茅葺の家でした。蔵には黒い昔の唐草模様の布団がありました。祖母は、私を連れて里へ行ったこともあり、子ども心に古い家だなあと感じたものでした。庭にあった柿の木に、赤い実をもぎに行ったことも懐かしい思い出です。

祖母の家系には、帝大に行った人もいたが、一人は学校の友達と海へ行って亡くなったという話を志多亭の叔母さんから聞きました。それから伊那へ養子に出た人もいて、その人の名前は忘れてしまいましたが、確か「えいふう」と言われました。ハイカラな名前ですね。帝大出で、今でいう県会議員にもなった人で、伊那のある小学校の校長をやったという。頌徳碑も学校の庭にあるとの話を聞き、一度その小学校へ行ってみたいと思ったのですが、叶いませんでした。今も

祖母・鮎沢かず

もちろんあると思います。（箕輪東小学校に、山口英風の頌徳碑があるそうです）

お里の和亭は、そんな家だったけれど、人のために尽くしたので、財産をなくしてしまったようです。祖母は、祖父から聞かされたと、不満気に話したことがありました。祖父に「見ろ、お前の里は人が良いので身上なくしてしまったに」と責めるように言われたことを、祖母が悔しそうに話したこともありました。

祖母の実家は頭が良かったようです。あの頃、東京の帝国大学を出るなんて。そのせいか祖母も学問には関心があって、自分の息子の中学の成績表を私に見せてくれたことがありました。長男が組で一番、次男が二番、（その逆かも知れません）だと説明してくれたのですが、私はまだ関心がなかったので、祖母はつまらなそうでした。そんな祖母でしたので、長女は、松本女子師範学校卒、三女も同じ今の信大卒です。次女の母だけが十八歳で嫁になった。頭は三女とも良かったし、家も裕福だったのに、母は勉強の欲がなかったと思います。頭は三人のうちで一番だったと思われますが。

（２０２１年2月20日）

祖母との暮らし

私が物心ついた時は、祖母と二人、志多亭の隠居屋にいた。祖母との平和な生活が続きます。志多亭は、村一番の地主で、人を使って広い田畑を作っていた。ぜいたくはしない、質実剛健を地でいった、皆働く家族でした。普通の農家より、どこか裕福な家だった。私たち二人の生活費は祖父から祖母に渡されていた。

祖母は丈夫だったので、私のことはみんな面倒を見てくれた。本も買ってくれた。「小公子」、「小公女」という本や、革の表紙の本も。「眠れる森の美女」を読んで、不思議な気持ちになったのを、今でも忘れられない。

私が小学三年くらいになってからは、大家の仕事も手伝った。学校から帰ると、草むしりに行ったこともある。日曜日は、叔父も一緒に草むしりをした。「みどりは、草むしりが上手だなあ」と褒めてくれた。

私が二年生の時、母の妹である叔母が、私と同じ年の芳子さんを連れて、婚家から戻って来た。そして、この二人の親子も実家の居候になる。叔母は体が弱いらしくて、いつも隠居屋に寝ていて、祖母が世話をしていた。病院のような座敷一間の白い布団の上でほとんど寝ていたので、私は接触しなかった。

三年生頃から祖母は私に、幾度も幾度も張り板に布を張ることを教えてくれた。当時は、着物を着古すと、ほどいて張って、縫い直して着るのが当たり前だった。それには、糊がいるので、小麦粉を煮て作った糊や、海草を煮たふのりなどを作った。それを手拭いにあけて、祖母と二人で両方からねじって、絞って作った。手拭いから絞って落ちる糊が面白くて、楽しい時間だった。

蚕の仕事は、桑をもぐことを手伝った。大きなかごへもいだ桑をいっぱい詰めた。あまり背負った覚えはない。蚕がひきる[註1]と忙しかったが、ひきる前でも四眠[註2]からは、

忙しかった。祖母と蚕じり取り[註3]を手伝った。ひきる時は、千尋さん、芳っちゃと三人で手伝った。自分たちは、拾った蚕をお盆の上にのせ、二階へ運ぶのが仕事だった。もちろん女の人を二、三人使って蚕を拾う。それを運んだり、広げるカゴを作ったり。子どもたちも一人前として頼られる働きがいのある仕事だった。千尋さんと私と芳っちゃは三人同じ年であった。叔母は寝ていたが、芳っちゃや千尋さんとは、いつも三人で働いた。

芳っちゃは、私が実家に戻り、祖母が亡くなってからも、母親と一緒に、嫁に入るまで志多亭にずっといた。

芳っちゃたちが来る前の頃でした。祖母は私と一緒に寝床に入る時、私のふとんを押さえながら「あああー、寝るほど楽は此の世になし。浮世のバカは起きて働く、なんて、みどりの父っさでも言ったことずら」と言って床に就いた。私を寝かして、一日の責任を果たして、らっくりしたように見えた。そして、私の母と娘を早く逝かせた娘婿の実也をうらむような口調だった。娘を亡くした切なさ、寂しさ、行き場のない悔しさを吐き出すようだった。子どもの私にはそう思えて哀しかった。その恨み節を聞きながら、私は眠りに就いたのでした。

鮎沢のお宮のある窪は、上の方にずっと田や畑がある。鮎沢では、一番深く広く長い窪である。個人農地もあったが、志多亭の農地も沢山あったのか、昔の志多亭のおじいさんの名前が付いていた。「万エエ窪」と言われていた。この長い窪の続きには「からかさ平」があって、昔は、広かったので、何かの集まりや遠足に利用していた。遊びに行く子もいたけれど、私は行ったことがない。

ともに育ったイトコたち　左から千尋、悦子、著者、芳子

その頃、祖父は、自分の部屋で、相場のラジオを聞いていた。農業は叔父が取り仕切っていた。いつも、上り、下りのような、何円、何銭とか、面白くないラジオばかり。面白いのかなあと私は考えたものだった。一、二度、局へ行ってこれを出してきてくれ、と言って小さな紙を渡されたことがあった。郵便局にそれを出したら、お金をいっぱい入れた袋を渡された。どうしてあんな紙の切手みたいなものが、こんなに沢山のお金になるのか、不思議に思った。祖父に渡したら、いい顔をしていた。

私も四、五年生頃からは、いろいろできるようになり、祖母に頼まれることもあった。「肩が張ったで、百ばかりたたいてくれ」と頼まれ、たたいてやると「ありがとよ」とお金など欲しくもないのに一銭くれた。使い道を知らなかったので、半二階にある私用の梱の下の方に貯めていた。足の爪を切ったり、髪を結ったり、針のめどを通したり、できないながらも一生懸命してあげた。役に立つように思われて嬉しかった。

（2021年2月23日）

祖母は丈夫で、娘と私たち孫二人の食事の世話を、皆一人でやってくれた。私はあまり手伝わなくてよく、料理も天ぷら揚げを教わったくらいでした。当時は、天ぷらはごちそうの部類で、めったに揚げませんでした。普段は、白米に野菜入りのお味噌汁、野菜の煮物、煮豆、なすの油味噌などでした。

秋刀魚の時期には、冷凍などなかった時代だったので、生秋刀魚をいろりの上で、じゅうじゅう焼いて、燃える火をじっと眺めておりました。周りが真っ黒に焼けたものを、秋に拾っておいた朴葉（ほおば）に乗せる。その幸せをかみしめたのも忘れがたい思い出です。暮れとか、祭りとかの日が近づくと、岡谷の「かも池」という魚屋さんが、自転車の荷台に鮒や、わかさぎを載せて売りに来ました。つぶ（螺＝小さな食用の淡水の巻貝）の時もありました。

その頃は肉ではなく、御馳走は魚でした。大家で買うと、それを持参の広いまな板の上で、料理しているのを見るのも楽しみでした。年に二、三回、いただく魚料理のおいしかったこと。今でも舌の味覚神経がしっかり覚えています。味とともに志多亭の人たちのやさしさ、心根がありがたかったことも、終生忘れません。

（２０２１年７月３日）

註１　ひきる＝４回の脱皮を終えた蚕は桑を食べなくなり、蚕の体が透き通りはじめ、首を持ち上げ左右に振る。このことを蚕がひきるという。

註２　四眠＝蚕に桑を与え続けると動かなくなる。眠（みん）と言って蚕は４回脱皮をする。最初の脱皮を初眠といい、以下二眠、三眠、四眠という。

註３　蚕じり取り＝飼育している蚕の糞や食べ残した桑などがたまるので、それらを取り除く作業。

鰻の蒲焼き

八十余年も昔となれば、自分でも長いなあと思うほど、過去の話になるが、つい昨日のことのように、はっきり覚えているから不思議です。私の生まれた里は、うなぎの寝床と言われる川岸村である。名の如く天竜川の岸にある村だ。

諏訪湖より流れ出る川の岸、上流から西側にある部落が三沢、新倉、東側は橋原、鮎沢、駒沢と五つの区が川岸村でしたが、戦後合併されて岡谷市に入った。私が住んでいたのは、その中の鮎沢区である。

川に沿って県道が通っていた。生まれた頃は、県道はコンクリートではなく、土の道だったと記憶している。天竜川のそばに魚とりのおじさんがいた。ある年の土用の丑の日に、県道の端で鰻を焼いていた。その頃の県道は、主に人の通る道であり、時たま自転車や荷車を引く馬が通るくらいののどかな広い道だった。私は鰻を焼くおじさんの後姿を見ていた。炭火の上に、油が落ちると、ぱっと燃えて炎が立つ。おいしい香りが、あたり一面に広がる。鰻というものを食べたことがなかったけれど、おいしそうな香りだった。

六歳の頃、その鰻を祖母は買ってくれた。一切れだったけれど、厚くて大きかった。もちろんおいしくて、食べたくてもおいそれとは、買えない高価なものであることに今も変わりはない。同級生の一人は言っている。「鰻を食べたいから長生きしている」

と。そう言わせるほどの高級な食べ物だと思っている。初めて食べたその鰻の味は、この歳になっても忘れられない。

いただいた一切れを御飯にのせて、御飯に味がついてから喉にやる。けれど鰻は口に入れずに残して置き、次の食事の時、また御飯にのせ、美味を味わい、まだ飲み込まない。それで二度、三度の食事を楽しんだ。それ以降、私は鰻を食べた記憶がない。

二、三年後に戦争になり、白米の御飯が食べられない時代に入って、鰻のうの字も聞けない世の中に突入する。だからこそ、八十年前祖母からいただいた鰻の蒲焼きが体に染み込んで、終生忘れられない味になったのかも知れない。（２０２１年8月8日）

父のこと

農村青年社事件（38頁参照）のことなど、初めて知り、驚きました。デッチ上げ事件に巻き込まれたことも何も知りません。普通の農民より少し社会などに目を向ける人だな、くらいに父を見ておりました。母はそうした父が嫌だったようです。家の農業だけで、地道に働いてもらいたかったようです。

隣のおばさんから母の話をよく聞きました。母は丈夫な時には男のように何でも働いた人だったとか。そのぶん父は、農奴のように働く農民ではなかったようです。だから母は苦労したらしい。隣のおばさんだけは母のことを知っていました。

村では早起き者で、近所の早起きおばさんと一、二を争っていたこと、父が頼りにならない時は、自分で大八車を引いて、桑を運んだことなど。そんな母の話を聞くと、私は父を恨んだものでした。父がもっと働けば、母は結核にならなかったのではと思っていました。

農業の仕事は得意で、近所の油屋のおじさんが「おれは農業を実也さんに教わった」と話してくれたこともありました。父は、「農業は自分で作った物に自分で値をつけられない、米でも繭でも野菜でもみな、人がつけるだけ」と言っていました。体も農業するには、弱かったようでした。

（2021年2月5日）

父実也の名を、農村青年社事件の資料の中でみつけたとのこと。これもびっくりです。

私も二、三度、父から「アナキスト」という言葉を聞いたことがあります。デッチ上げられたものが、大々的に新聞報道され、昭和十二年に、父も巻き込まれました。そんなことが分かる歳でもなかった私は、全然知りませんでした。

ただ一度だけ、志多亭の叔母さんが「みどちゃの父さんは国賊と言われている」と話したことがあります。ちょうど報道のあった頃ですね。私はそれを聞いたとき、「どうしてあんなお人よしの父が、そんなことを言われるのかなあ」と思っただけでした。けれど、その言葉は私の頭の中に、へばりついて離れないものになっていきます。

父が満州へ行ったのは、私が高校二年の年だったらしい。行く時、父は自分のあの広い家を、小学校の宮沢大弥先生に貸し、私は家の西側にあった部屋の桑置場のところにお勝手を作って、そこに住まわされた、そう記憶していました。

記憶と言うものはあまりあてにならないものですね。宮沢先生がくださった手紙を見ると、父が家にいたようなことを記しているようにも思われます。

満洲へ行ったのは、妻と長女を亡くしたのが、きっかけだったのか？

母が亡くなったのは、昭和七年ですから満州行きとの間には十二年ぐらいあります。父にとって、妻と長女を亡くしたのは、致命的であったに違いありません。でも満州行きは、それがきっかけだったとは、ちょっと考えにくいようです。それでも心

左から著者、父・実也、長兄、次兄

の切り替えのために？　そういうことは、なきにしもあらずだと思いますが。若き日に、世間一般とは違う思想をもっていたことは確かです。

母の生まれは志多亭で、鮎沢一の地主、川岸村でも五本の指に入るような家だったから、生活に困らず、人を使って農業をしていました。家族も人に負けない勤勉努力家で、ぜいたくもせず働いていました。

地主制度の終わり

父は、そんな家に行った時に、話のついでに地主制度について、母の父親、私にとっては母方の祖父に、「永久に続くものではない、いつか崩れる」というようなことを言うので、煙たい存在だったようです。自分の娘を早く死なしてしまった婿でもありましたから、母の親にとっては、おもしろからぬ存在だったのでしょう。

その母方の祖父は、終戦後、マッカーサーの命令とかで、地主制度が崩れた時に亡くなりました。亡くなるとき「実也の言う通りになった」と言ったそうです。昔から受け継ぎ、守ってきた大事な農地を、ただ同然に取られてしまう祖父の心はどんなものであったか。想像に余りあるものを感じます。祖父は胃腸を病んでおりました。それがもとで亡くなったのですが、奇しくも土地解放と重なったのが可哀想でした。

私を直接育ててくれた祖母が逝ったのは、解放前でしたので、みじめを味わうことなくてよかった。

祖父が「お前は『手ぼっけなし』[註4]だから、見ろ、実家はつぶれてしまったに」と祖母の実家をばかにしたようなことを言ったらしいのです。祖母がそう言われたと、私に話したことがあります。悔しかったのでしょう。

話は逸れてしまいましたが、父は若い日の思想を晩年まで持ち続けていたと思います。私が一度、「父ちゃんが社会主義者だったから、私は心狭い思いをした」と話した時、「そんなことはない」と否定しました。農業という仕事をどうみていたのか、その問いにはどう言ってよいか、ちょっとわかりませんね。

父は農業ができなくなって、田畑を人に貸した時期がありました。二十俵ぐらいの田でした。妻と娘を失って、切なかった時期だと思います。そして自分は、出稼ぎに行っていました。土木作業のようでした。冬には、静岡のみかんを捥ぎに行ったこともあったようです。お土産にもらって食べましたが、おいしかったこと、大きくて汁が流れ出るようでそのまた甘かったこと。忘れません。

（2021年2月11日）

註4　手ぼっけなし＝方言、「経済観念のない人」の意。「手持無」が由来か。

●〈解説〉農村青年社事件

この事件の全貌は、ノンフィクション作家の保阪正康が『農村青年社事件　昭和アナキストの見た幻』（筑摩書房、二〇一一年）という一冊にまとめている。保阪によれば、事件には第一幕と第二幕があるとし、人生を掛けたアナキストたちの意思と生き様を一人ひとり検証するとともに、治安維持法によって事件をフレームアップした司法関係者の責任を追及している。

第一幕は、八木秋子の東京の家に宮崎晃、星野準二、鈴木靖之の四人のアナキストが会した昭和六年二月に幕を開ける。社名を農村青年社として機関紙『農村青年』を発刊して、農村を中心にアナキズム革命による自由コンミュンの樹立をめざす運動を開始した。宮崎はそれ以前にアナキズム運動誌『黒旗』に「農民へ訴う」という論考を発表していて、それが農村青年社の基本方針となった。そのなかで、アナキズム運動は解放運動だから、植民地インドの民族運動とは異なるが、行動方針は、ガンジーが独立運動のなかでとった自給自足という経済行動と類似したところがあるとして、①自給自足の実行、②共産の実行、③共存共栄、相互扶助の実行、この3つを柱にした。そして農民の解放は農民自身の手で、百姓の生活は村かぎりで行い、税金も小作料も払わない。それが支配階級を倒す原動力となると述べている。

設立時の四人を含む九人ほどが主要メンバーで、機関誌やパンフレットを発行、全国行脚を行なって啓蒙につとめた。しかし、行動を起こす資金調達のため、富裕階層を狙った空巣をはたらき、主要活動家が窃盗罪で逮捕、服役となり、農村青年社の行動そのものは、形を成す前に潰えた。昭和七年九月で第一幕は閉じている。

第二幕は、昭和十年十一月から翌年一月にかけて始まり、長野県での検挙をかわきりに、設立メンバー四人も検挙、長野に移送され、検挙者は全国規模で三五十名に及んだ。予審判決後、報道解禁となり、昭和十二年一月十一日に、信州を拠点に不穏な計画を立てていたとして、治安維持法によって全国で検挙者三五十人以上、三三名が起訴されたと報じられ、農村青年社の名がはじめて世に広く知られることとなった。読売新聞は同日の号外で十五名の顔写真を掲載し「黒色テロの大陰謀」という見出しで大々的に取り上げ、朝日新聞は五人の顔写真とともに、「二見事件の副産物」と報じている。二見事件とは、昭和十年、日本無政府共産党の二見敏雄らが銀行を襲撃して失敗、それを機に多くの関係者が治安維持法違反で逮捕された事件である。

戦前の治安維持法による弾圧は、共産主義者にはじまり、宗教団体、自由主義者へと及んだ。農村青年社事件は、こうした流れの中で、一思想検事の功名心に端を発する事件という。共産党への弾圧がほぼ完了した昭和十年、三・一五事件にも関わった思想検事が、「無政府共産党事件」の捜査の過程で農村青年社の存在を知り、長野県特高課長らとともに、幸徳秋水ら無政府主義者の「大逆事件」に擬して、農村青年社と少しでも関わりのあった人々を治安維持法違反の容疑者に仕立て上げた。農村青年社の周辺にいたが検挙されなかった人物がいて、その協力もあったと推測される。長野地裁で昭和十二年三月一日から始まった裁判の様子は、信濃毎日新聞紙上で連日大きく報道された。

ボリシェヴィキによるロシア革命というモデルがあるので、共産党の目指す社会は、夢みるにせよ、恐れるにせよ、容易に想像できただろうが、農村青年社のようなアナキストが目指した社会がどのようなものだったのか。事件に仕立て上げた当の思想検事ですら、よくわかっていなかったようだ。宮崎晃は、外来語の乱用を避けて自由コンミュンのことを「地理区画」とも呼んだが、地理区画は自由コンミュン樹立の基礎となる蜂起単位とも言っている。

日本列島に富士山があるように、フィリピン群島のボホール島にはチョコレートヒルズという景勝地がある。茶碗を伏せたような小さな山々が点々と見渡すかぎり連なっている。富士山には崇高な美があり、チョコレートヒルズには心安らぐ美しさがある。共産党が建設しようとした社会が富士山だとしたら、同じ革命でも、農村青年社のアナキストたちが心に描いていたのは、チョコレートヒルズのような社会ではなかったか。共産党の建設方針は、上から下へ、中心から周辺へと向かうが、それと対照的に、下から上へ、周辺から中心へという運動も考えられる。しかし、いずれにせよ、富士山をめざすものなら、農村青年社とは「背中と腹のように正反対の関係」になるという。

農村青年社のいう地理区画あるいは自由コンミュンとは、チョコレートヒルズでいえば一つひとつの小さな山のことで、彼らの革命プランはこうした山々を無数に建設することだったと思う。自由コンミュンが網の目状に連なった社会をつくり上げるとは、あえてイメージすれば以上のようになる。そしてまずは長野の地で、いくつかの小さな山を築き上げようと計画した矢先に、主要活動家が逮捕され、実行に移す前の計画段階で運動は挫折した。

なぜ、長野県だったのか。輸出用の生糸を生産する養蚕業の地だった長野県は、世界恐慌の波に直撃され、農村は生存を脅かされるほど経済的に困窮し、さまざまな農民運動が巻き起こっていた。また、山と川の狭間に小さな村々が点在する地理的条件によって、長野県には、全村蜂起によって自由コンミュンを建設するという革命ビジョンを、わずかながらでも、共有することができた農村青年がいたということだろう。

農村青年社の活動家たちが戦後に編纂した『自由コンミユンの樹立とその実践　1930年代に於けるアナキズム革命運動史　資料 農村青年社運動史』（農村青年社運動史刊行会、昭和四十七年）には、昭和十年十一月二十七日未明、長野県下で突如検挙された農民や労働者五七名のうち、氏名が判明した四一名が列挙されていて、その中に鮎沢実也の名がある。印刷物を受け取っていただけという程度の関与だったかもしれないが、彼もまた、アナキストが描いた社会を思い描くことができた農民の一人だったのだろう。

なお、この事件も含め、多くの社会主義者、無政府主義者の弁護を手がけた山崎今朝弥は、同じ川岸村の出身であり、鮎沢実也と親交があった。

戦時中の東京見物

昭和十九年、戦争の真っ最中に父は言いました。「焼けない前の東京を見せてやる」と。私が六年生の終わりの年であったでしょうか。「下の家」と呼んでいた家に住む、兄嫁の妹の恵喜子さんと私を本当に東京に連れて行ってくれました。その頃、周りには、そんなことを言う人、やる人はほかにはいませんでした。私は家から出たことがなかったので嬉しかった。

小学校の一大事業であった六年生の修学旅行も、一年上の人たちまでで、私の学年からは行なわれませんでした。戦争のために取り止めになった。費用は毎年納めていて、貯金してあったのですが。なので私は、上諏訪の片倉館の温泉へ行ったぐらいでした。東京へ行くなんて夢のようでした。

父は東京の軍需工場に働きに行っていた。住んでいたのは、東京の新小岩というところでした。父は一人、小さな家を借りて、自炊しながら勤めていました。そこに泊まり、次の日、動物園に連れて行ってくれました。動物園の前は、大勢でごった返していました。あまりに大勢なので、びっくりして、その中にもまれながら、開くのを待っていました。

だいぶ待っておりました。すると誰言うとなく「門は開かない。園は休み」とのことでした。戦争でもう休園、きょうだけでなく、ずっと休みだと言うので、皆帰り始めました。

私たちも仕方なく帰りました。その時、父とはぐれてしまいました。大勢の渦の中にまぎれ込んで、わからなくなってしまいました。私と恵喜子さんは手をつないでいて、そばに大きな石があったので、その上に腰掛けていました。しばらくして、父が息せききって来て、「ああよかった、ここにいてくれて良かった」と胸をなでおろしていました。

私たちがあまり動かず、門の近くにいたのがよかったと、父は喜んでいました。「どこかへ逸れてしまったので、そこら中捜したけれど見つからないので、元のところへ戻ってみた、ここにいてくれてよかった」と。次の日、隅田川を見せてくれました。

川は毎日見ていて、珍しくはなかったけれど、隅田川にはびっくりしました。天竜川の上流しか知らない私は、その広さに目を見張りました。どこまでが川なのか、向こう岸が見えません。橋の欄干に寄りかかって、時間のたつのを忘れて見はるかすのでした。父に呼ばれて、我にかえったという感じでした。

また次の日は、本の町、神田とやらを見せてもらいました。一つの街全体が本屋だと父に言われて、よく見たら本当に本屋だらけだったので、それにも驚きました。見るものすべてが初めて。よい勉強になりました。三日ばかり見物したのでしたが、帰る切符を買いに行った父は、買えずに帰って来ました。戦争のため切符も思うように手に入らなくなってしまいました。

父は二日続けて四時前に起きて、ようやく切符を手にし、無事に故郷に帰ることができました。戦争中の東京見物、子ども二人を連れて、父は大変だったと思いますが、私には貴重な体験として心に焼きついております。

（２０２１年6月15日）

川岸村の思い出

生まれも育ちも川岸村、懐かしい。昭和三十年、岡谷市になった。合併する時、賛成と反対があった。ごたごたしている時、三沢区で歯科医院を営んでいた城取先生は「おたまじゃくしがいくらいやだいやだと言っても、蛙になる運命」と言いました。その言葉を今も覚えている。そういうご時世でしたね。川岸村は消え、岡谷市になった。

私にとってはやはり生まれ育った川岸村がふるさとのような気がする。

村の真ん中を天竜川が流れている。今も昔も同じ。変わらぬように思うけれど、やはり変わったと言いたい（口絵参照）。わが心にある天竜川は、まずきれいな水だった。学校の帰りに観蛍橋の欄干から、身をのりだして下を覗くと、大きな鯉が群れているのが見えた。のびのび泳いでいた。川草も見えた。

夏の夜になると、広い川端に、蛍が群れ飛んでいた。小さな光がついたり消えたり、幻想的で美しかった。あれは源氏、あっちは平家などと言いながら、友だちと河川敷を追い回したものでした。昼間はメダカも群がっていた。水が透き通っていたので、ざるを持って行くと、すぐ獲れた。でも可哀想だったのですぐ逃がしてやった。

つぶは、鮎沢にいた時は、獲ったことはなかったけれど、嫁いでから三沢の川で少し獲ってきて、味噌汁に入れて食べた。おいしかった。水がきれいだったから、食べるのを心配したことなど一度もなかった。

スーパーの帰りに、今の天竜川を見ると、私は涙が出るくらい悲しい。辛い。昔は透き通った川だったから。私の心はどうしても今の天竜川を川として受けつけてくれない。鮎沢を流れて、天竜に注ぐ沢が四本ほどあるが、それもきれいで、川端に近き人たちは利用していた。ただで使える水道でもあった。鍋、かま、食器、野菜、みな洗った。洗濯物をすすいだり、その恩恵を受けていた。奥の家の川端には、小さな小屋があって、お米をついていた水車小屋があった。私は、それを見るのが面白かった。二宮金次郎なら、本を読みながらとか、子守をしながら、働くだろうな、などと考えたものだ。

鮎沢区には、村の真ん中を鉄道が走っていた。川岸駅のそばに信号機が一つあったけれど、遮断機は一つもなかった。踏切は四ヶ所ありますが、駅の方から、上り列車が発つ時は、汽笛が聞こえて分かったけれど、下り列車が駅へ入る時は怖かった。カーブしていて、汽車が近づくまで見えない。踏切を渡る時は、神経を尖らせた。見えてから渡れば、ひかれてしまうので、音を聞くため耳を傾けたりした。

「踏切を通る時は気をつけろよ」。この言葉を子どものころ、父から何百回と、耳にたこができるほど聞いた。無理もなかった。本当に危ないと思ったことがある。

私は、一度踏切を渡っていた時、線路に下駄の歯が挟まってとられてしまったことがあった。慌てて引っ張ったけれど、外れない。まごまごしていると列車にひかれてしまう。私は、そのままにして逃げた。けれども、線路の上に下駄がはまっていたら、どうなるか心配になった。すぐに列車が来ないようだったので、飛んで行ってもう一度下駄を引っ張ってみた。ゆすったりしていたら、外れたので、持って逃げた。ああよかった。胸をなで下ろしたのでした。列車がすぐ来なかったのも、下駄が外れたのも幸いでした。

鮎沢の山では、秋になると、じこぼう（食用の茸ハナイグチの地方名）や栗茸などの茸がとれた。父が親戚や、近くの子どもを連れて、茸とりに行ってくれたことがあった。落葉松林などが主だった。

良い空気を吸って、出たばかりのきれいな茸はおいしそうだった。丸々と太っていた。落葉や土を払って、びくに入れる時のうれしかったこと、落葉を踏みゆく時の感触も幸せでしたね。山の空気もおいしかった。友達も皆喜んでいた。父もうれしそうだった。

（2021年7月7日）

姉、兄、叔父、叔母のこと

四歳の春、結核に母をとられてしまった私は、十五歳年上の姉が、母の代わりになって育ててくれました。十歳上の兄、六歳上の兄も、姉の世話になるのは当然でした。

寒くなって来た十一月、裏の畑でごろごろしていた野沢菜のかぶを拾って来て、漬けてくれた。それがおいしかった思い出を父が話してくれたことがありました。姉は十九歳でした。その姉も母の死の一年後に、結核にとられてしまいました。続けざまに、妻と長女を失った父の気持ちは、とても想像できません。

白装束に身をかため、杖を突いてとぼとぼと歩いて行く娘の後姿。「その夢をよく見た」と、父は二、三度、私に悲しそうに話してくれました。身を縮め、下を向いていた父の姿は、今も心に焼き付いております。妻に死なれたのは、もちろん悲しかったけれど、娘の死は、切なくて、「母ちゃんの数倍つらかった」と言っていました。姉さえ生きていてくれたら、仕事に、子育てに、父も頑張れたと思いますが、二人に死なれて、ぼっちゃん育ちの父は、立ち直れませんでした。むべなるかなと思います。

諏訪中学に通っていた長兄は、中退しました。母の実家の祖父母は、中学は援助するからと言ってくれたそうですが、父はそれも出来ず、兄は親戚のつてで東京に就職します。次兄は、父方の伯母に育てられます。私は母方の祖母に引きとられ、家族がばらばらになってしまいます。なんと悲しい運命であったことか。

当時、結核は不治の病、恐ろしかったですね。私は生活に困らない母の実家で、祖母の慈愛を一身に受けて、つらい思いは知らずに育ったのですが、次兄が可哀想でした。母に大事に育てられていたのに、十歳そこそこで、別れの憂き目に遭い、一番母の恋しい年頃だったと思うと、不運の一語につきます。画が上手で、作文の上手な兄でした。長兄と違い、デリケートな神経の兄でした。

父は周りの人の世話で、後妻をもらいました。子どものことを思ってのことでしたが、次兄がどうしてもなじめず、後妻の人も、子どもがなつかないからと言って、出て行ったとのことです。私も祖母に「継母のいうことを聞いて、可愛いがられよ」とお説教をされ、一度実家に戻ったのです。けれども何も分からないうちに、継母は出て行ったきりでした。なので、また祖母の元へ逆戻りするはめになります。そして小学六年生の時、祖母が脳溢血で亡くなるまで、志多亭にお世話になりました。

志多亭の叔父さんは、人柄の良い方で、私を子ども同様に可愛がって育ててくれました。伊那出身の叔母も心の広い方でした。志多亭では、何不自由なく、皆さまの温情の中ですくすく育てられ、幸せでした。

小学三年生の頃から、志多亭の仕事を手伝わせてもらうのは、私にとってとても幸せでした。嫌だなんて思ったことは一度もなかったですね。意識したことはなかったけれど、少しでも役に立つ喜びが、子ども心にもあったのでしょう。

畑で叔父さんと一緒に草むしりをしていると、面白い話をして聞かせてくれました。叔父さんは自転車にも乗れぬ育ちでしたので、サーカスを見たら、猿が自転車に乗っていて、びっくりした話とか。蚕のひき拾いをしながら病気になった蚕を紙に包んで、夕方になると前を流れる天竜川に捨てるのだとか。生活に困ることのない叔父さんは、切ない顔をなさらず、「遠州浜松行きだ」と、まるで歌でも歌うように私に聞かせるのでした。

（２０２１年7月3日）

志多亭の叔父は、毎月本を取って読んでいた。果樹園を作って、周りに金網を張り、入れないようにしていた。リンゴがおいしかった。家の周りの庭には、桜んぼの大きな木が二本あって、大きな実がついて、甘くおいしかったこと。雨が降ると割れが入ったが、味は余計良いぐらいで、蚕の手伝いをする時などは、家の屋根から千尋さんや悦ちゃと一緒に食べたい放題だった。叔父さんは植物の先生のようだった。珍しい植物を取り寄せては植えていた。家の窓の下に、真赤な実のなるザクロの木もあった。

私の心の故郷は、実家より志多亭の方と言ってよいほど、成長期に世話になった。志多亭には思い出がいっぱいありますが、この辺で一区切りしましょう。

（２０２１年２月23日）

小学生の頃

川岸小学校一年一部、田中豊先生。背が高くて、色白、真白なワイシャツにダブルの背広が毎日のお姿でした。一年生のときだったと思います。修身の時間に郵便屋さんの配達のお話をしてくださいました。次の日、川岸は大雨で被害をこうむりました。

学校横の大きな沢も氾濫し、県道は通れないという情報を知った祖母は「今日は学校へ行くのは危なそうだから休めよ」と言われた。親の代わりに、私を育ててくれている祖母の言葉は七歳の私には、もちろん至上の命令だった。

次の日、学校へ行くと、先生は「昨日はどうして休んだ？　雨の日も休まない郵便屋さんの話をしたばかりなのに」と教室内を回りながら二、三回言われた。登校した友達も半分くらいいたとのことだった。けれど自分が、欠席したことが悪いこととは思わなかった。だっておばあさまの言われたことに従ったのは当然だと思ったから。

二年生になった時、机をともにしていた横の文彦さんは、授業中、急に「先生、みろりは、つみっかく（爪でひっかく）ぜえ」と大きな声を発した。私はびっくりしたが、別につみっかいた覚えはなかったので、黙って小さくなっていた。すると先生は、それを聞かれてすぐ「なに、みろりだ、それじゃこれを読んでみろ」とおっしゃった。私は予期しない先生の対応にきょとんとしていた。「ドイツ」と黒板に書かれていた。文彦さんは立って大きな声で「ロイツ」と言った。その後、先生は何事もなかったかのように、続きの授業をなされたのでした。授業内容はいちいち覚えてはいないが、こういった出来事を忘れないのは、不思議と思うこの頃である。

文彦さんは、教頭の息子さんとのことでした。いつも小奇麗な支度をしていた。私はこの時、文彦さんの言うように、つみっかいた覚えはない。第一、つみっかくという言葉もこの時、初めて聞いた。今、考えてみると、文彦さんの手があまりにきれいな手だったので、触ったのかもしれないと思う。八歳の子ども同士であった。

面白い同級生がいた。授業の途中で急に大きな声で「おらあ、そんなこと知っているわあ」と言って、みんなが笑ったこともあった。そうかと思うと、先生のお話を聞いていた男の子が、急に「なるへそ」と感心して、叫んだのも印象に残っている。

その頃のことだった。先生の机の上に広げられてあった紙を見るともなく見た。「鮎沢みどり」と言う自分の名前があったので。組の名簿みたいなものだった。それに私の名前の算数の上に「秀」とあるのが目に止まった。あれ、優良可しか知らないのに、こんな「秀」なんて成績があったのに驚いた。見てはいけないものを見てしまったような気がしたので終生誰にも言わなかった。

（2021年3月9日）

女学校で学徒動員

父が私のことをかまわないので、母の姉にあたる伯母が、「それでも女学校くらいは出せ」と父に言ったそうです。そのお陰で、上諏訪にあった当時の諏訪市立高等女学校に行くことになりました。伯母が口添えしてくれなければ、どこへでも仕事に行く身になるところでした。

戦争中だったので、知らぬ間に学徒動員され、諏訪市の湖南にあった軍事工場の日本無線に行くことになります。昭和十九年でしたか。仕事は、戦争の飛行機に載せる真空管のリベット打ちでした。細かい仕事だったけれど、苦労はありませんでしたが、バスがなかった時代でしたので、全員寄宿舎生活に入ります。

辛かったのは食事です。白米の御飯はなく、豆入り御飯でした。それも大豆の方が多くて、お米の方が少ない大豆御飯でした。たまにならまだしも、毎日、豆の方が多い御飯ばかり食べていたので、私は腸を壊してしまいます。医者にもかかれず、薬もなく、ただ仕事のために働くのみの生活でした。おかずもほとんどなく、一度真黒いいかの塩辛が出されたことがありました。魚などめったに出されたことがなかったので、食べようとしたけれど、魚好きの私でしたが、変な臭いがして、手が出せなかったことを強烈に覚えています。

腸は治らず、下痢が激しく、仕事を休んで、一日寮で寝ていたことがありました。すると、寮のまかないのおばさんが、珍しい白米のお粥を持ってきてくれました。湯気も出ています。私は、びっくりして喜んで食べました。嬉しいので唾液も出ました。消化もよく、嬉しかった。毎日病気で寝ていたいとも思いました。まるでミルクのような味でした。次の日は苦しくなかったので、仕事に戻りました。

夜は電灯を覆って、その下で勉強しました。内容は覚えていません。寮の風呂に入っている時、ガラス戸が一枚倒れてきて、私たちが洗っているところに落ちたことがありました。ガラス片で血が出ましたが、薬をつけた覚えがなく、もちろん看護も受けられず、ほって置いたのでした。

工場の仕事場の廊下を隔てた部屋に、背の高い髪の毛の長い青年が一人いました。みんな丸坊主の世に珍しい人だなと思っていました。めったに部屋から出て来ませんでしたが、たまに私たちの仕事を見て歩いていました。「あの人は肺病だで近寄るな」と言われていました。私も見て見ぬふりをして仕事をしていました。けれども戦争が終わってから、誰言うとなく、あの人は、爆弾など研究していた技術者であったと聞きました。その人の部屋の周りには、全部白い紙が張ってあって、中は全然見えませんでした。

それから私たちは、東バル（東洋バルヴ諏訪工場）へ移ります。汽車で通いました。一人一人が六尺旋盤について、大砲の弾を作っていました。力のいる仕事で、立ちっぱなしなので疲れました。前の湖南の仕事は、先生が受け取る配給品が少なく、東バルの方がはるかに多いので、移らされたのだといううわさでした。体の弱い人は学校に残って、軍服にボタンホールを作り、ボタンをつける仕事をしていました。みな学徒は無償で働かされました。

戦後は学校に戻り勉強しました。私の学校は、家政科と被服科に力を入れていました。本科二年を卒業すると、専修科に入る制度があります。さらに専修科を二年で卒業して資格を取ると、裁縫の先生になる道が開かれていました。父に、「どうする？上へ行きたければ出してやるが」と言われます。私は行きたい気持ちもあったけれど、ここでも無理してでもやろうとは思わず、行きたくないと断ります。

それというのも、寮にいた頃に壊した胃腸炎が慢性になっていて、下痢ぎみだったからです。先生になる自信がなく、母のように弱い体になってはいけないという気持ちもありました。農業を手伝い、良い空気のもと心地良い太陽を浴びて、しっかりした丈夫な体をつくろうと決めたのでした。食糧も不足していた頃だったので、父らは喜びました。

（2021年2月20日）

卒業後の「放浪」期間

被服科を卒業してから、私の放浪の如き生活が五年くらい続きます。慢性胃腸カタルを治すために、自ら選んだ道です。そして農業を手伝っていましたら、体は徐々に丈夫になっていきました。ほとんど治った時、やはり私の考えは間違ってはいなかったと喜んだのでした。

丈夫になれば、今度は働けると思い、いろいろな仕事に興味がわいてきました。夏は家の仕事を手伝い、冬も何か働きたいと、新聞の求人広告を見たりしました。そして、ミシン糸を作っている会社に勤めることになります。初めて社会へ出たという感じで、嬉しく、仕上げ課の仕事に就きました。みんなの働くところを一生懸命に見て学びました。すると、ふと気がついたことがありました。機械の糸を巻くとき、糸がたるんで機械の油がつくので、切ってはつないでいました。そんなことを幾度もしているのを見て、新前の私ですら思いました。機械の糸をよごす場所にカバーをかければよごれないのに、と。そこで仕上げ課の課長さんに私の意見を言いました。課長はすぐ会社の方に知らせました。真鍮のようなカバーがかかり、糸をよごさなくなりました。課長は点数を上げて、会社から誉められたようで、嬉しそうでした。

会社で初めて給料をもらったのが嬉しくて、電気アイロンが欲しかったので買ったのをおぼえております。そんなことがあって、まだ勤めたかったのですが、乳牛を飼ったりして、忙しくしている兄らの仕事を手伝わなくてはと思い、仕事を辞めました。家の仕事は、食べさせてもらうので、もちろん無給でした。

その次に働いたのは、父の友が食堂や炭屋を経営していまして、父が相談したのでしょう、私は炭屋で、ヨシであんだ俵に入った炭を売る仕事に就きます。その頃は未だ統制の名残が残っており自由に買えませんでした。自転車にリヤカーをつけ炭を載せて上諏訪の町を飛び回りました。

楽な仕事ではありませんでしたが、一生懸命働きました。何の仕事も私には初めてだったので見栄も外聞もなく、よく働いたと思います。帳面には、売ってもお金が貰えずに貯まっていた家も数軒ありました。私は幾度も足を運び集金したので喜ばれました。茅野から、炭を売りに来る青年もいたのですが、自衛隊に入ると言って来なくなりました。

炭屋も下火になってきました。前に教わった裁縫の先生に話しました。そしたら、顔の広い先生は、駅前の「三味」という大きな商店の売り子の世話をして下さいました。蜂の子の佃煮なども家で作り卸しなどもしておりました。商品もたくさんあって、掃除も大変だったし、客商売も初めてで、一日緊張の連続でした。一度だけ「サントリー」の高級ウイスキーを一般的な安いウイスキーと間違えて売ってしまったことがありました、忘れません。お客さんは分かっていただろうに、喜んで行ってしまいました。この店でも頼りにされて働きましたが、幾年行ったのか、はっきり覚えていません。

上諏訪駅のホームの案内板などにローマ字がだんだん増えてきた時代でした。私は戦時中、敵国の言葉は勉強してはいけないと言われたので、ローマ字も知らない女でした。ＡＢＣも知らない、これではいけないと思って諏訪実の夜学に通ったこともありました。

教室に入ってくると先生は、生徒の名を呼びます。「ミスアイザーワ」「ミドリアイザーワ」と呼び方から違うので戸惑ったものです。「はい」ではなく「イヤッサア」なんて恥ずかしくて言えません。それでも少しずつ新しい知識を知ることは嬉しいものでした。

私は何か勉強していないと気が済まないようなところがありましたね。また、下諏訪の「中日シャットル」から事務に来て欲しいと言われたので、夜学で習った商科が役に立つかと思って三味を辞めて、事務職に就きました。働きながらでも五時にぴたっと仕事が終われば良いが、店の仕事はどうしても延びてしまいます。夜学には一年くらい通ってみましたが、続きませんでした。それでも少し学んだので、ローマ字も読めるようになって嬉しかった。「アイゲタップアットシックスアンドモーニング」など本も少し読めるようになりました。

事務は難しい仕事で、私には荷が重いかなと思いつつ勉強しながら働いていました。その頃、万吉さんの家から嫁に欲しいという話がきました。学校を終えて、五、六年過ぎていました。満二十三歳に近づいて、私も考えておりました。社長さんに話したら、「甘酒にしなさい、決めなさい」と言ってくれましたので、決めることにしました。糀屋のことを「甘酒」と言ったのが印象に残っております。この五、六年間の私の放浪生活のような時期にサヨウナラの時が迫ってきます。そして放浪とは対照的な生活に入るみどりでありました。

（2021年3月10日）

嫁ぎ先での暮らし

私が嫁いで来た頃の糀屋の生活の一片を書いてみます。昭和二十七年。いまだ戦争の混迷は尾を引いていました。御飯は三度三度麦飯でした。味噌汁は、おいしい味噌に新鮮な野菜入り。おかずは魚・肉などあまり買えませんでしたが、戦中の乏しさに比べれば、鯖、鰯、秋刀魚など、大衆的な魚は、たまには食べられるようになっていました。戦争から解放されて、気持ちの面では、平和な生活に戻って行きつつあったといえましょう。

この家では、万吉の父の仁三郎さんが実権者でした。一家では「祖父」と言われていた杉太さんは、仁三郎さんの兄でした。杉太さんは、三、四回結婚したそうです。その中で一人も子どもが出来なかったとか。那須野にいる仁三郎さんの弟も、子に恵まれませんでした。

十歳年上の杉太さんに子が生まれなかったので、弟が後を継いだとのこと。仁三郎さんには子が十人いたけれど、末の二人は、母乳不足で亡くなった。ミルクもあったそうです。上の姉たちが子守りをしていて、自分たちも「おいしい」と言って味見したと、話していました。

母は、お産や子育て、家事で精一杯。祖父と祖母が、蚕の「こばそだて」[註5]や糀製造もやり、父や母は手伝い的存在だったらしかった。父は、蚕の桑育ての畑の方を主にやっていた。万吉が、戦地や四年の捕虜を終えて、帰って来た頃は四人とも、年を取っていました。

戦争中、知り合った先輩の新田さんが、東京でビニール電線工場をやっていたので、万吉を誘ってやろうとも考えられたそうですが、家の年老いた親などのことを考えると誘えなかったそうです。自分も年老いた親を置いて出るのは、無理と思いとどまったとか。長兄が戦死さえしなければ、東京行きも出来たと万吉の口から聞いたことがありました。

夫婦で稼いで大勢の子を大きくしておりました。祖母は、私にだけは、色々家族のことを話して下さったのですが、私はただ聞くだけの立場でした。

祖母は後妻として、祖父の元に来たそうです。士族の生まれとか。㓛刀（くぬぎ）という姓でした。そのせいというわけではありませんが、中々性格に強いものを持っていた女性でした。杉太さんが優しい人だったので、つとまったというような感じもありました。

祖母の最初の結婚がだめになったのは、姑が気に入らなかったからとか。出て来たのか、追い出されたのか、真相は分かりませんが。仕事も頭も男勝りで、仕事は人一倍やるのに、お茶を飲むのが好きで、渋いお茶をゆっくり気の済むまで味わっていたとか。それが気に入らない姑に「そんなことくらいどうした、仕事は人の倍やっているわ」と言ったので、追い出されたということです。祖母が話してくれました。

またもう一つ、その祖母が、杉太さんと夫婦げんかをして、いよいよ出ていくということになった。すると母の喜代美さんが、他の事では気のきかないくせに、その時、祖母が日頃履いていた下駄のすり減ったのを一足、新聞に包んで、「おばあさんこれも」と言って、祖母に渡したのだそうです。「それが、気に食わない、普通なら出て行くのを止めるべき立場にある人が『これも』って言って寄こした」と話してくれたのでした。私は心では笑ってしまいましたが、真面目に聞くふりをしました。

その時、出て行ったのか、行かなかったのか、行ったけれど戻ってきたのかは、話しませんでした。

祖父母、父母、妹二人（高校生）、万吉、七人の中へ、私が飛び込んだのでした。夫、万吉は家の仕事の糀の配達とか、桑畑の土寄せとか、働きましたが、父が管理していたので、稼ぎはありませんでした。

それで万吉は失業対策事業の土木作業に出ました。一日働けば二百四十円もらって来ました。それが大切な現金収入でした。

私も、冬には呉服屋の縫い子になって、文字通り寸暇を惜しんで、縫いました。これも大切な収入でした。芸は身を助くという言葉通り、人の縫物で稼げるなんて思ってもみませんでしたが、裁縫の学校で習ったことが、役に立ちました。隣の家のおばあさんが、「裁縫が出来ていいねえ」と、羨ましがりました。隣の嫁さんは、子どもを姑に預けて工場へ行っておりましたが。

昭和三十二年、四月に祖父が狭心症で、六月に祖母が胃癌で続いて亡くなりました。寂しい、お別れの年だった。そして同年五月に次女が誕生するという喜ばしい年にもなりました。

（2021年6月30日）

註5　こばそだて＝稚蚕の飼育のこと。

水を汲むつるべの音

私の婚礼の頃は、両家で婿入り、嫁入りの行事が行われました。婚礼の晩、三々九度の最中、外から聞こえた水の音、つるべで水を汲み上げ、バケツに移す音、耳を澄ませてよく聞いたけれど、間違いではなかった。その頃昭和二十七年、もう一般家庭では、皆ポンプを使っていたので、私は「まさか今どき」と思いました。後で知ったのですが、やはり糀屋はその頃、つるべで井戸に貯まる地下水を汲み上げて生活していました。私が聞いた話によると、まだ三沢が三十軒くらいだった頃、先人は、水の良いところ、豊かなところに住み着いたそうです。そこが糀屋のある辺りとのことでした。

数年後、三沢区で山の木を売りました。大金だった。貯金しておいて利子を使うということに決まりかけていたのを知った万吉は、みんなの意見を聞いた方が良いと提案したそうです。そうしたら、結果として、万吉の意見に賛同する人が多く、貯金せずに一戸一戸分けられたそうです。

当時、その金は結構な金額で皆喜んだそうです。わが家でも相談の結果、水道を引くことになりました。水道天皇と言われた親方が来て「文化生活とはいえない。今どき、つるべの人がいるとは」と驚いたそうです。

金のなかった時代でしたので、都合よく使えたと皆に喜ばれたそうです。夫は四十六歳で、区民の大勢に推されて、市議会議員にさせていただきました。村をあげてのトンネル問題という大きな重い荷物を背負っての議員生活でした。その活動は若くなければ務まらない、体力を要するものでした。私も、陰に陽に、縁の下の力持ちになって、夫の留守の時も必死になって働きました。家の仕事に公の仕事にと。その点では思い残すことはありません。ただ、子どもを十分に見てやれなかった悔いは、拭い去ることができません。

昼間は糀、味噌製造で男並みに働きました。宮沢さんを頼りに、夫が家の仕事が出来ない時には、二人で必死に働きました。夜は、人寄りがあるので、その接待に力を尽くしました。寝る時間は尊く、文字通り死んだようになって寝ました。それでも寝不足で、盆暮れに里に帰った時は、もちろん兄嫁に頼んで寝かせてもらいました。幼子を見てもらって、「ごちそうは要らないから、寝かせて下さい」と言いました。一向に起きて来ないので、心配した兄が「見て来い」と家人に言ったそうです。

振り返ってみますと、忘れかけていた記憶がじわじわとよみがえってきます。

（2021年6月20日）

家の仕事

私たちの代までは、女は何でも出来ねばならなかった。私も暇をみて、夫のズボンも布を買って来て自分で作った。子どもが着るのはもちろん。娘時代に冬になると、洋裁教室に通ったのも功を奏した。

冬になると、呉服屋の仕立て物を縫う「縫い子」をやった。一枚着物を縫うと、まとまったお金がもらえたので、子どもの学用品を買えて嬉しかった。その時の縫賃を書いた紙を長く針箱の下に保存していたが、今、探すとどこかへなくしてしまった。

布団も作った。障子も張った。カーテンも縫った。お勝手仕事に休みはなかった。女は良く働いた。十時と三時、お茶を飲む時は、家の人が私にも「飲め」と言ってくれたが、皆が飲んでいる間に子どもの洗濯物をしなければならず、「はい」と答えたが仕事を優先した。若かったせいか、あまり喉も乾かなかったように思う。

昼間は蚕の手伝い、糀製造、桑畑作りの手伝いをやり、夜は死んだようになって眠りました。けれども子どもに夜泣かれて家の人に悪いと思って、背負って夜道を歩いた時期もありました。主に、それは仁の子守りの時でした。今にして思えば、乳が足りずに泣いたのだと思いますが、ミルクを買ってもやらず、若いとはいえ、母親失格でした。背負って外に出れば黙ってしまうので、仁三郎さんは、「仁に家は要らない」

と言われたことも、ありありと覚えております。可哀想なことをしたと思いますが、取り返しのつかないばかな母親でした。

蚕の仕事。朝四時の桑上げは、辛くて、もう五分、もう二分眠りたいと思ったものでした。四時になると、仁三郎さんのキセルをたたく音が聞こえてきます。隣の部屋から、それが聞こえると起きました。枕時計の代わりでした。私の起きる音がすると、キセルたたきはなくなりました。ある日、私が起きなくても、キセルたたきは消えるのか消えないのか、試してみようと四時を過ぎても五分ぐらい起きないで聞いていますと、起きるまで鳴っているのが分かりました。気が気でない仁三郎さんの気持ち。蚕が桑を待っている。自分は重くて枝のついた大きな桑束を二階まで持ち上げることは、力がなくて出来ない。私たちに頼る以外にない。辛い気持ち、私にも分かりました。蚕を育て、繭を売っても、私たちには一銭も回ってはきませんでした。けれども、そのお陰で、御飯を食べることができるので、力の限り、年老いた人たちに力仕事をさせないよう、私なりに頑張りました。万吉もやりました。

私たちも現金がなくては暮らせないので、夫は失業対策事業に出て、それを子どもたちのために使うのです。人から見れば、蚕も飼っているし、糀屋もやっているし、野菜、麦、豆など作っているからまあまあの生活だと思えたようです。

蚕を飼うのが下火となり、三沢区でも最後までやった方ですが、父母が亡くなった頃と時を同じくして、やめてしまいました。高度成長に入っていき、農業をしていた若者が皆工場に勤めてしまいました。近くに大和製作やら、中央印刷やら、働くにはことかかない時代に入っていきました。

子どもがまだ小さかった頃、一度、大和製作所から、私を仕事に雇ってくれると事務長の人が来たことがあった。私くらいの年のものは、工場へ行くようになっていた。女もだが、農業をしていた男たちも大和製作や中央印刷などへ勤め出した。マルヤスへ働きに行く人たちも大勢いた。私も冬だけでなく、一年を通じて働きたかった。それに仕事も家より楽であった。勤めたいなあと思っていたら、いつもあまり意見を言わない喜代美お母さんが、「お前様に勤めてもらったら困る」と言うではないか。家の内情をわかっていたので、無理もない言葉だと思って断念した。「鶴の一声」であった。

（2021年8月1日）

初産

昭和二十八年三月、私は初産のため実家に帰っていた。帰る時、舅が「気を付けてな」と励ましてくれた言葉は、嬉しく心強かった。今もその時見た縁側の光景とともに、そのまま覚えております。

三月三日、陣痛の前ぶれが出た。胎児からの予報であった。がそれは、ゆったりとして急がなかった。朝から晩までの時間を費やした。いよいよとなって、寝ついてからは激しくなっていった。私が苦しむと、その声を聞いた兄は「ほんとうに、みどりはオーバーなんだから」と、外に聞こえぬように家中の雨戸を閉めていた。

お産婆さんが来て、お産の準備に兄嫁も忙しく働いていてくれた。私が子どもの頃にお世話になった、志多亭の叔母さまが、枕元に座った。だんだん痛みの来る時間が近くなってきたので、私も必死だった。でも初産というのは、手間がかかるらしかった。叔母は、私が痛み出すと、しっかり手を握った。今度は生まれるかと、しっかり息んでも、また痛みが去ったり、その時叔母さんは「みどちゃや、お産というものは、障子の桟が見えなくならないと生まれないぞよ」と。私は「ああまだ桟が見える。まだ駄目だ」と頑張るのでした。

そして日付が四日に変わって、間もなく生まれました。胎児も頑張ってくれた。みりみりと道を開き出す声を聞いたような気もしました。生まれ出たときの喜びは、またたとえようもなく、今までの苦しみは何であったのかと思うほど、楽になったのは忘れません。心配していてくれた皆も、一斉に喜んでくれました。

「二千六百五十グラム。丈夫な女の子ですよ」。お産婆さんの声を聞き、涙が出るほど嬉しゅうございました。生まれた子を見て、兄は「やあー、これは栄養失調だぞ」

と言った。兄には三人の男の子がいます。みんな生まれた時は四キログラム以上だったという。下の子は、健康優良児で表彰されたのを知っております。そんな子しか知らない兄は、びっくりしたらしく、そんな言葉を出したのでしたが。兄から見ると無理もないことだったと思います。私は、産声も元気だったし、目方だって普通だったので安心でした。肉付きが少なかったけれど、父が「肉づきが少ない分、同じ目方なら大きく成長する、背も大きくなる」と言ってくれました。その通り乳もよく飲み、丈夫に成長していきました。

兄嫁には、大変お世話になって、有難かったことは忘れません。志多亭の叔母さまの御恩も終生忘れません。母のいない私は、何の予備知識もなく、ただ、おろおろしていたのでした。そこをしっかりと心身ともに守ってくれました。どんなに力になったことか、嬉しかったことか。皆様には、お世話になりっぱなしです。

（２０２１年３月23日）

子どもたちのこと

美世子という名は万吉がつけました。三月四日なので三四子。字は美しい世の中をという意味で美世子にしたと聞きました。

昭和三十年六月十五日　長男誕生日、その日は良い天気でした。蚕が四眠から起きた頃です。この糀屋は、三沢区では、一、二の養蚕家でした。近くに利一さんの家があり、その家と同じくらい飼っていました。春夏秋と掃き立て、[註6]晩秋蚕も桑があって飼ったこともあります。一回の掃き立ては、春が二十グラムぐらい、夏、秋も二十から十五グラムだったと思います。

長男の生まれた日は、昼前早くから徴候があったので、部屋に床を敷き、予約しておいた産婆さんを呼びました。少しすると産婆さんが来て、間もなく生まれたと、記憶しています。経産となると、同じお産でも全く違いますね。道が出来ているので、比べ物にならない早さです。痛みも違います。産婆さんの言うことに従っていれば、自然に生まれます。初産も経産も生まれた時の喜びは同じです。

「丈夫な男の子ですよ」。お産婆さんの声に安心と喜びに浸る私でした。外の庭の方で、「生まれたか」。畑から帰られた仁三郎さんの声が聞こえました。「生まれたよ」と母の声。「何だった?」「男の子だよ」「すまないねえ」。二人の嬉しそうな声が耳に入りました。

産婆さんが帰ってから、父や祖父が孫の顔を見に来ました。跡取り息子の顔を満足そうにじっと見ておりました。この年は、蚕は違い年だということでした。蚕の四眠で起きれば、だんだん忙しくなるはずなのに、祖母が掃き立てをしたのですが、桑の食べっぷりが悪いと家の者が心配顔だった。

赤ちゃんの沐浴も甘えてばかりいられないと思って、自分で無理してもやるようにしました。夏だったので、子どもにあせもができてはいけないと思っていましたが、あせもができて、岡谷の本町にあった病院まで背負って行きました。待合室は子ども連れの患者が多かったと記憶しています。伍一さの奥さんも子どもを連れて来ていました。わが家では、長男の生まれた喜びと違蚕[註7]の悲しみが重なった夏でした。

二年後次女が生まれた年もいろいろありました。祖父が、毎日草かきを担いで畑に行って働いていた。夜、急に狭心症を起こしてしまいました。すぐ相沢医院長さんが来てくれた。注射を打った甲斐があって、薬が効いて良くなりました。一時は駄目かと思われました。苦しがった時、仁三郎さんが、祖父の体をしっかりと抱きかかえてやりました。良くなった時は皆喜びました。けれども怖い病気でしたから、その時、栃木県那須野の祖父の弟さんに電話したのです。那須野の叔父さんは次の日、すぐ来てくれました。その時は、元のように元気になって、よかったと喜び、兄弟同士で手を握り合っておりました。

それから幾日元気でいたか、日数は覚えていませんが、結構何日もあったと思います。二十日ぐらいだったか。また、夕飯過ぎに再発してしまいました。前のように仁三郎さんが、苦しがる祖父をしっかり抱きしめ、お医者様がすぐ飛んで来てくれましたが、そのまま亡くなられてしまいました。仁三郎さんの腕にしっかり抱きしめられたまま。その晩に限って、万吉は映画を観に行って、大事な時に居合わせませんでした。私は切なかったのを忘れません。

それから、お葬式など、次々と忙しい日が続いたので、私は大きい腹を抱えていましたが、一生懸命張り切って動いていました。それを見て、仁三郎さんは、「子をまだ産んでは駄目だぞ」と言った。それどころではないと私も思った。予定日はとっくに来ていましたが。

祖父のおしまいも滞りなく済んで、落ち着いたとき、父は「産んでもいいぞ」と言った。みんな笑ったけれど、胎児は中にすっこんでしまったように生まれようとしなかった。予定日より一か月近く延びて、生まれたのでした。心配したけれど、無事に生まれて嬉しかった。

二十日後、今度は隠居の祖母が、腹痛を起こして、幾日も経たずに逝ってしまいました。私は産後の疲れの中でしたので、看護してやれず心残りはあります。母や妹が看てくれたので、任せてしまいました。嫁いで丸五年、私を可愛がってくれた祖母でした。

蚕の「こばそだて」は、祖母が一手に引き受けていました。いわゆる口が悪いところのある人だったけれど、心は優しかった。芯に強いものを持っておられた方かとも思います。女にしておくには、もったいないような人でした。

私がぼやぼやしていると、祖母は真面目腐って「お前の目は節穴か、それとも面の看板か」と言いました。母は、そうした祖母の言い方を嫌いましたが、私はその言葉には何か言い知れぬ深い愛らしさを感じて、笑いたくなってしまいます。

私は若かったので、秋が来れば、縁側に山と積まれた柿をどんどん剥いていました。

祖母の皮剥きは、本当の外の薄皮のみ、肉を全くつけない剥き方でした。時間がかかります。すると祖母は言いました。「お前は早かろう拙かろうだ」と。私が四つ剥く間に祖母は一つ。そんな悠長なことはできません。私だって肉までは剥いていないと思っても、とても口には出せません。ただ笑ってやり過ごしていると、それ以上は何も言いませんでした。何を言われても気にせず、笑っていればいいわと思っていました。まるっきり、私を憎んで言っているようではありません。一理あるなあと思って、ありがたく聞き流しておりました。教わることが一杯あった。質実剛健、何をやってもそつのない非凡な方でした。身上持ちもよい方でした。

その頃でした。朝、小学校に行く子どもが二、三人で、横の道を通りながら、指を差し、我が家を見て「この家だぞ、死んだり、生まれたり、死んだりしている家は」と話していました。その会話も振り向いたその時の子どもの動作も忘れずにいます。まったくその言葉通りその年は、四月二十日祖父の死、五月二十八日次女の出生、六月十八日祖母の死と続いたのでした。

（２０２１年３月26日）

無事に生まれた女の子は、ふくふくしい丈夫な子でした。立派な仁三郎さんの三の字を頂いて三枝と命名してもらいました。

三枝の叔父に当たる三夫さんも仁三郎さんの三の字をいただいたと聞きました。三枝が二歳頃のある日、仁三郎さんの友達が来て、側に居た三枝を見て「このお子さんはどこの子だえ」と聞いた。仁三郎さんは、「何でえ、おら家の孫だわえ」と答えた。するとと少し間を置いて「ほう、これは仕度はいらねえ」とおっしゃられた。私は側で聞いていて、「明治生まれの方々の会話は深味があって面白いなあ」と感心したのでした。

四年近く経って、私は再度の身籠りを知ったのでした。天からのお授りものと、もちろん嬉しかったけれど、一抹の不安もありました。それは無事に育てていけるだろうか、食わしていけるだろうかと。私は心の内を仁三郎さんに話しました。つわりを見て、すでに知っていました。

「生物には餌あり」と言ってな、食べものなんてものは、ついて回るものだと。そして「おれは今度は男だと思う」と付け加えました。八人もの子どもを育てた仁三郎さんからのお言葉は、強く私の心を打った。晴れて産むことができるという尊いお墨付きをもらいました。

そして十二月二十四日に無事に生まれました。クリスマス・イブでした。そして父は、あとで、「二人ずつ上手に産んだ」と誉めてくれました。一生忘れません。

迷うことなく、仁三郎父の一字をいただき、仁と命名しました。長男和人の名前は万吉が命名しました。一生の平和を願って。世界の平和を祈って。

（2021年3月21日）

註6　掃き立て＝孵化したての蚕を飼育するための道具に移し、細かく刻んだ桑の葉を与えて飼育を始めること。

註7　違蚕（いさん）＝大量に病蚕が発生し繭が大きく減収になること。

夫・万吉のこと

昨日万吉のことを書いた合葬者追悼文[註8]が届きました。

和人さんに書いてもらいたかったけれど、日にちが間に合わなかったので、私が書いて出しました。ほかの皆様の文が上手なので、和人さんに書いてもらえばよかったと後悔しております。後の祭りですが。私もまだ全部読んでいませんので、いつでもよいので、一旦お返し賜りたいです。

七十年生活をともにした夫の思い出のひとこまを書きたいと思います。

結婚後一年、昭和二十八年三月三日、夫は警察に捕えられました。お産のために実家に帰っていた私は、次の日の午前一時に、初子を産みました。

母乳が十分に出たので順調に育ち、仁三郎さんは毎日のように、畑仕事の帰りを遠回りして、孫の顔を見に来てくれました。一ヶ月を過ぎた頃、連絡があって、婚家へ帰りました。家の中は静かでした。部屋には炭火の入っていない炬燵が悄然とありました。

夫が警察に引っぱられて、行ったままですので、皆心配で、打ちしょげておりました。五月十九日に釈放となり、三ヶ月ぶりに帰ってまいりました。「岡谷署爆破未遂」という、いわゆるでっちあげ事件を作って、共産党を弾圧したのですね。権力って、さあとなれば、何をするかわかりませんね。正直を絵に描いたような男たちが、そんな大それたことをするわけがないのに。

結婚式にて。夫・片倉万吉と著者

帰って来た夫は「赤」と言われ、仕事がなく日雇い労働者になり、土木作業の傍ら自由労働組合の役員になっていて、忙しく活動していました。区会議員にもなり、村の仕事にも打ち込み、三十年続けましたね。そんな中、これも降って湧いたようなトンネル事件が起きます。そのことを書くと長くなりますので、今回はやめにします。国鉄相手のこのトンネル闘争でも、弱い立場の住民の先頭に立って、全力を尽くしましたが、結局負けてしまいました。

夫は八十五歳で脳梗塞に倒れます。「杖を突いてでもいいから、自分の足で歩きたい」とリハビリを頑張りました。最後まで願いましたが、叶うことはできずに終わってしまいました。そして、「議員時代を一緒に戦った仲間のお墓参りに行きたい」という願いも叶いませんでした。お世話になった友人の名前を涙ながらに口にしたこともありました。

夫は常に弱い立場の人たち、自分を必要とする人たちの側に立ち、活動するのが生きがいでした。「朝起きてから寝るまで戦いの連続だった」という夫の言葉を一度聞いたことがあります。私が側で見ていても、厳しい一生だったなと思いますが、夫の後には、いつも温かい心の人たちがついて、力を貸してくれました。先輩の皆様の指導や周りの方々の温情のお陰で、夫も精いっぱい働くことができたのだと思います。心より感謝申し上げます。ありがとうございました。

夫とのお別れ会で、詠んだ私の拙い歌です。

大勢の温情に護られ一生の別れとなる夫至福なり

夫の棺見送り給ふありがたき感謝の涙流るるばかり

（2021年2月5日）

註8　日本共産党中央委員会合葬委員会『日本共産党常任活動家の墓　第35回　合葬者追悼文集』

出会い

私の時代は、見合いから、自由恋愛結婚へと移行する少し前くらいになります。丁度、敗戦で変わる前兆が見えて来たとでも言いましょうか。私が二十歳になった頃から、周囲で縁談話が出始めました。

一番目は父方の従兄にどうかと言われました。が、まだ早いからと父が断りました。二番目は父の友達で、「大学出の息子に」との話でしたが、それは私に話さずに、父が断りました。「辺鄙なところだったので断った」とのことでした。相談くらいしてもよかったのにと思いました。大学出ということだったので、少し見るぐらいはしてもよかったのにと、父に対して不満が少しありました。

三番目。兄が、牛飼い仲間をどうかと言ってくれたこともありました。黒沢とかいう仲間も紹介してくれたのですが、それは私の名前と合わないと、即座に断りました。

志多亭の叔父さんも、村内で百姓をしていた青年を世話してくれました。真面目な、いい青年でしたが、子どもの頃を知っていたので、いまひとつ気が進まなくてだめでした。ほかにも二人ぐらい、村の青年を世話してくれましたが、私の方からお願いしたい相手は見つかりませんでした。そうこうしているうちに、糀屋の万吉にもらわれました。「下の家」に万吉の姉さんが嫁入りしていて、実家へ行って、「いい娘だ」と話をもって来てくれたのでした。

その頃、万吉には、三沢の若い衆の仲間に、好かれていた女の人がいたそうです。後で聞いた話です。私は、万吉という人には、三、四回会ったことがあったので知っていました。まじめで優しそうな感じの良い人だなと思いました。

私がはっきりしないので、父は心配しておりました。返事を求められ「私は万吉さんのような人がいい」とはっきり言ったのでした。すると父は「そんなこと言っても、縁談なんて、女の方から言うわけにはいかない。いくらいいと思っても思うようにはならない」と言いました。私は黙っていました。

それからいく日も経たないうちに、万吉の方から、ぜひ私を欲しいと言ってきました。正子姉さんを通して、兄がどう返事をしたらいいか、と聞いてきたので、私は「いいと言って」と頼みました。

兄はびっくりしていました。今までの私と違ったので「みどり本当にいいのか」と再度聞いてきました。「いいからお願いします」と答えました。満二十二歳。世の中何も知らない私でした。でも、この時だけは、初めて自分の心に迷わずにはっきり決めたのです。不思議なくらいでした。縁というものでした。

父は喜んだと思います。私が初めて意思表示をしたこと、そしてそれが叶ったので、安心したようでした。大家族の中へ入っていくのですから、不安もあったのでしょうが。

家を離れる時、父は「一度、この家を出たら、つとまらなかったとか、わがままを言って戻っては来られない。けれども、病気になっても寝かしてもくれない家だったら、無理につとめることはないから、何時でも戻って来い」と、言い聞かせてくれました。

婚礼で婿入りに来た万吉を見た志多亭の叔父さんは、「みどりの相手は小さいなあ」と言いました。父も後で言ったことがあります。万吉のことを「膝の下がもう一寸、膝の上がもう一寸あると良いのだがな」と言って笑っていました。実家の親戚には、あまり背の低い人がいなかったのかも知れない。私は「背なんか低くたって、人間がしっかりしていればいい」と思っていたので、それを聞いても、苦になりませんでした。

その時の万吉は、紋付の羽織、袴姿でした。入って来る万吉の姿を遠くの方の部屋から、障子を少し開けて、私は見ていました。その恰好が少々、当時有名な「吉田茂」に似ているなと、思ったのでした。婿入りが終わると、今度は嫁入りで、こちらから親族が四、五人付いて、嫁を連れて婚家へ行ったのでした。そして、両家の親戚が一間にて三三九度をやり、式は無事に済みました。

昭和二十七年三月十九日、みぞれの降る日でした。式を終えた翌々日、仲人をしてくれた三夫さんの嫁の幸子さんのお父さんが、家に来ました。すると仁三郎さんは、顔を見ると一拍子、「もうお前様には用はないで」と真面目腐って、怒ったような顔で言ったので、叔父さんは少し戸惑ったような、困ったような顔をしました。そしてすぐ「用があっては困ります」と、二人で笑って喜んでおりました。

仁三郎さんはそういう面白い物言いのところのある人でした。私は感心して聞いていました。

（2021年4月10日）

夜の映画館

三沢には南原精米所があった。鮎沢の精米所にいた南原さんが三沢で独立をしたのでした。糀屋は田んぼがなかったので、畑で麦を作った。頼めば機械を持って、畑まで収穫に来てくれた。田と違って収穫は夏。汗ばんだ体に麦の脱穀は、楽ではなかった。私は鮎沢にいた頃から知っていたので、気安く話せた。

ある時、「みどりさやあ、なりふりかわまず働くのはいいけれど、たまには、すかっとして岡谷へ出掛けたら、映画に行くとか」と言ってくれた。万吉が横丁にいい人がいるというようなうわさを聞いて、私を心配してくれていた。そんなことを言ってくれたのは、南原さんだけだった。

言われてみれば、私は、働きさえすればいいと思っていたことに気がついた。そういうことも大事かなと思ったけれど、そんな気持ちのゆとりがなかった。けれど、その言葉は胸にとどめておいた。ある時、万吉は夜遅いし、一人で映画にでも行ってみるかと思って実行した。

一人で夜、映画を見に行ったことがなかったので、入ってみて、何だか怖いような気がしたけれど、まあ、あまり混んでいなかったので、どこにでもいいわ、と思って腰かけて観ていた。すると横にも一人来て座った。暗いから誰だかわからない。知らない人だろうか、見る必要もなかったので、知らぬ顔して映画を見ていたら、話しかけられた。そしたら、どうして私がここにいることがわかったのか万吉が来ていた。誰にも言わずに来たのによくわかったなあー、とびっくりした。悪いことはできないなと思いつつ、それでも、嬉しくなって、怖くもなく観れたのを覚えている。

私は出ていきます

何年何月というはっきりした事は覚えていない。結婚後、二、三年の時であった。万吉は、長野で自労の役員会があると言って家を出た。その日は帰って来なかった。私はその晩は寝た。朝、出勤の時間になっても、帰らなかったので、失対事務所へ電話した。役員らしき人が出た。私が「夕べ長野へ泊まったとか。家に帰って来なかったので、万吉お願いします」と言った。そうしたら、その人は「あれおかしいな、おれたちと一緒に帰ってきたけれど」と。「そうですか」と言って受話器を置いた。

その時、わたしの電話を受けた人の言うことが「うそ」とは思われなかった。万吉に、何か事故でも、あったのではないかと心配になったので、少し時間をおいて、もう一度電話してみた。すると万吉が出て「夕べは、長野に泊まって、今朝着いたけれど、もう出勤の時間になったので、家へ帰らず直接仕事に出たで」と言った。「そうでしたか」と言って電話を切った。そして思った。事故か何かでなくてよかった。そうとなれば……と。

おかしいなあ、万吉には、横丁にいい人が居るとうわさを聞いていたので、ぴんときた。女の勘で、万吉の弁を疑った。浮気も許せないが、万吉は私にうそをついている。一生、この人についていこうと心に決めて結婚したけれど、うそを言う人とは暮らせない。全然知らない大勢の家族の中に入って、一生懸命やってきたけれど、万吉だけは、私の大黒柱であった。それが頼りにならない、信じられないでは、この家にいる価値がないと悟った。もういられない、万吉とは暮らせない。

私は、意を決し美世子を背負って、大きい風呂敷包みに、結婚のとき持ってきた貯金通帳を入れて仕度した。黙って出て行けば、後がうるさいと思ったので、父母の当たっているこたつのところへ手をついて、「お世話になりましたけれど、万ちゃんには、良い人が出来たようですので、私はおいとまします。今まで大変お世話になりました」と言った。ちょっと涙ぐましかったけれど、もう決めていた。これから一人で、この子を育てていくのは、大変だ。だけど仕方がない、どんなことをしても育てると心に誓っていたので、揺るがなかった。

仁三郎さんは、びっくりしたような、たじろいだ顔をして「万吉は、何をほうけているだがやあ」とひとこと言った。そして、挨拶も済ませて、みどり頑張れと自分に言いきかせ、玄関の戸を開けた。すると外から万吉が飛び込むところで、鉢合わせた私を押し込むように、つき倒すように入ってきた。

私は、「もういい人がいるようだから、私は出て行きます」と言った。すると「悪かった、もうやらないから」と力づくで私を家の中へ入れた。「本当ですか」と言ったら、「絶対やらない」と言ったので、その言葉を信じて私は折れた。そのタイミングのよさには閉口した。

きっと、さっき私の電話を受けた人が、出勤してきた万吉に報告したのでしょう。すぐ、飛んできた万吉の行動は危機一髪、難をまぬがれたのでした。時々、あの時、万吉が来なかったら、どうなっただろうと考えたことも幾度かありました。しっかり覚えています。

（２０２１年3月15日）

岡谷署爆破未遂事件

岡谷署爆破未遂事件（111頁参照）について、私の知っていること感じていることを書いてみます。

共産党の末端の組織を細胞、その集まりを細胞会議と言っていました。万吉は、兄（鮎沢多喜男）や百さ（林百郎）に勧められて入党したばかりでした。川岸細胞には、一番古い人がいました。万吉と同い年の人です。Sさんと書かせていただきます。細胞会議は、村の人であり、同志であり、たまに集まってお茶をのみながら選挙や、自分たちの身の回りの話をする集まりでした。

Sさんが、前もって話はあったと思うが、ある日、友人だというKを会議に連れてきたそうです。党の支持者であること。「これから一緒に勉強しながら活動したい」そんな紹介があったそうです。「皆様と仲良くやりたい、それで傍聴したい」と。帰りがけに、Sさんがまた、「Kさんが、今仕事に使っているダイナマイトの置き場がないので、誰かいいところがあるか知っていたら、教えてもらいたいそうですが」と言ったとか。みんな帰りかけていたし、そんなこと、皆んな関心がなく、返事がなかった。すると誰かが、折角だから返事してやるかのような目立たぬ声で、「そんなもの、Sさんの畑の隅でも貸してやったら」と言ったと。それでその日はおひらき。

それから幾日か経って「共産党、畑にダイナマイト隠す　岡谷署爆破陰謀未遂」と大きく新聞に堂々と出たのだ。その新聞が全国に配られ、夕刊が配られたのを見たという人や、その日の朝見たと言う人もいた。私は初産で命がけだったので、そんなことには心が行かず、はっきりしたことは知らない。

とにかくでっち上げ以外にはない。Sさんの浅はかさが、見事Kの陰謀にはまってしまったと言わざるを得ない。誰も、そんな大げさなことになるとは、夢にも思っていなかった。そして万吉たちは、その日の朝早く手錠はめられ、逮捕されてしまう。

細胞会議に出席していた人の名をKから聞いたらしいが、いい加減なもので、出席していない人、党員でもない人が捕えられたり、兄の多喜男は出席していたのに逮捕されなかったりのお粗末さ（後でわかったのですが）。

Kという男はチンピラで、何か事件を起こして警察の厄介になっていたこと。警察の言うことを聞けば、刑を軽くしてやると言われたらしいこと。そんな身であれば、言うことを聞かない訳にはいかない。そんなことが、後で私の耳に入ってきた。

良い嫁？をもらい、子どもも生まれる万吉の人生の門出に横たわったこの事件。妻の私にも、そら恐ろしい怪物となって、平坦な平和の道を歩かせてもらえなくなる。

なのに、Sさんは逃げた。逮捕されなかった。万吉ら、皆、何もわからぬままに逮捕されていくのに、Sさんは裏山越しに逃げた。Kも逮捕されなかった。この人は、党員でもなく、警察の使者だから、逮捕されないのは当然だけど、Sさんが逃げたのは何故か。その時は逃げたと聞いて、何だかはしっこい（すばしっこい）ことをやる人だと私は思った。いつも見ているSさんは、普通よりスローモーの人だと思って見ていたのに。

そして、Sさんは逃げたまま、幾年も帰って来なかった。万吉たちは、裁判にかけられて、何度も上諏訪の裁判所へ出頭させられる身となる。私は万吉のことで辛い思いをしなければならなくなる。

裁判にも最初の内、二、三回ぐらいだったか、傍聴にも行った。生まれて、二、三ヶ月の乳のみ子を背負って、子守りをしながら傍聴席に座った。

裁判はSさんがいないので、万吉たちは、ただ裁判所側の一方的な議論を聞きながら進んでいった。私は、へんな感じだなあ、と思ったので、途中で大きな声で「違います。そんなことを万吉たちはやりません」と叫んだ。

そしたら、すぐ裁判長だと思うけれど、これは記憶に確かでないかも知れませんが「傍聴人は黙っていなさい」ととがめられた。これで黙って聞いていても、どんどん裁判所で作られた通りに進んで行くので、また私は子を背負い、力いっぱいの声で「違います。そんなことはありません」と叫ばずにはいられなくなりました。そしたら、「静かにできないと出て行ってもらいます」と注意されました。

そんな裁判が幾年も続きました。幾年かはわかりません。そしてある年、結局万吉たちが刑を被っての終わりとなった。何年かかったか記憶にないのが残念です。岡谷事件は、結局、権力が勝って、党は大衆と離れさせられ、百郎さんは、選挙に負けてしまいました。

とにかく、裁判が終わった頃です。Sさんは、どこかから帰ってきて、党の事務所に勤めます。万吉も、味噌作りやら、議員生活、トンネル問題と忙しい生活が続きます。トンネル闘争にはSさんも参加しています。

万吉は八十五歳で脳梗塞で倒れ、九年間施設に入るわけですが、施設に入って何年経った頃でしたか、それも定かでないのですが、まだ頭はしっかりしていました。ある時、私に言いました。

「Sさんという人は、おれに逃走のことをひとことも言わなかった。そして裁判やら、人に迷惑をかけておいて、一度も悪かったとひとことも謝ったことがない」と言いました。

万吉が、そんなことを言うのか、人のことを悪く言うのは、珍しかった。聞いた私はびっくりしました。万吉がそんな気持ちを抱いて生きていたのか。

逃走中のことなど、当然話して、謝ったと思っていたのに、ひとことも話さなかったとは。逃げた後のことは、万吉たちに被さってきて、さんざんえらい目に遭わされたのだから、謝罪がなかったなんて、どういうことだろうと私は思った。もう今となっては、万吉も病んでいるし、Sさんも血圧がどうのと言ってデイケアに来ている。

ちょっと考えて、私は万吉に「どうして、もっと丈夫な時にSさんに言わなかったの。話さないなら万吉さんの方から聞けば良かったじゃ。二人弱くならないうちにいくらでも聞けたじゃない？」と言ってから、もう遅いとも思った。聞いてもただ、にやにやしているSさんになってしまっている。Sさんが友達の万吉に、しょっちゅう顔を合わせているのに、何一つ話さず、謝らなかった。なめた態度であったが、聞こうともしなかった万吉も万吉だ。「父ちゃんも聞けばよかったに」と言うと「そうだな」と万吉は答えた。

六十年も過ぎてしまった、あの岡谷事件に再び思いをはせた。そしたら、Sさんの逃走の謎が頭に浮かんだ。

万吉たち皆、捕えられたのに、Sさんだけなぜ逃げたのか。警察が来たのが見えたので、裏山から逃げたと人から聞いたが

①なぜ警官を見て逃げたのか

万吉たちは、皆、驚いている間に手錠をかけられ、すぐ引っ張られて行ったのに

②なぜSさんは逃げる気になったのか
万吉たちは、自分が何も悪いことをした覚えがないので逃げる気になるわけがない
③Kから指図（電話か何か）でもあったのではないか
④なぜ警察はSさんを追わなかったのか
裏山へ逃げたのなんか追う気になれば、たやすいことではないか。なぜ捕まえて逮捕しなかったのか

それが不思議でならない。やはり警察が逃がしたとしか考えられない。Kを通じて逃がしたのでは。なぜ。それは、Sさんがいない方が、これから先、裁判のことを考えれば、やりやすいということ。これは、私の考えだから当てにはならないが。

Sさんは、やたらに逃げるなんてことはないと思う。そんな無鉄砲な男ではない。Sさんを逃がした人、隠した人、先々を面倒見る人がいたのではないか。だから、警察か、直接には警察ではないが、誰か中に入っていたのか。とにかくSさんが口を割

らなかったので、今更何一つわからない、闇の中である。

六十年も経った今、私が何を考えたって、どうにもならない。今は、この事件も昔のことになった。口にする人はいない。

万吉を知っている者は、そんな計画をすることはないと、最初から考えていたと思う。だから事件後も万吉を市議会議員にしてくれたり、トンネル問題の長にしてくれたと思う。そして村民の方々は、万吉を応援してくれた。ありがたいと私は感謝している。そして岡谷事件は私にも厳しい道であったけれど、今思えばそれがあったから、その後の生活にも耐えて頑張れたと思う。闘病生活にも。

万吉の父、仁三郎さんは岡谷事件の時、一度も万吉を責めたことはなかった。そして「警察は犯人製造所だ」とひとこと言いました。

六十年も胸にもやもやしていた事を書かせてもらいました。　（2021年2月26日）

◉〈解説〉岡谷警察署爆破未遂事件

昭和二十八年（一九五三年）三月三日早朝、岡谷警察署は片倉万吉を含む共産党員三名を「爆発物取締罰則違反」で検挙、一名に逮捕状が出された。川岸細胞の鮎沢多喜男は、別人が誤認逮捕され、後に遅れて本人が逮捕された。

日本共産党諏訪・塩尻・木曽地区委員会編集発行の『諏訪地方の進歩と革新』（二〇〇一年）には、「『岡谷署爆破未遂事件』の謀略」について短い記述がある（九四頁）。それによれば、党支持者を名乗ってKが党員のSに近づき、二月九日の川岸細胞の会議に参加、そこでダイナマイトの保管場所はないかと持ち掛け、Sの畑の芋穴（防空壕）を指示されてそこに入れた。その後三月三日の午前二時頃、酒に酔ったKが岡谷警察署に出頭「共産党がダイナマイトを持っている」と通報、当初岡谷署は「爆発物の不法所持」として扱ったところ、県警の指示で「共産党の岡谷警察署爆破未遂事件」として、センセーショナルな記者発表が行われた。以上は、地元の『信州時報』が報じた内容に基づく記述だという。『信州時報』の発行者は片倉弥太郎で、片倉万吉の家と道を挟んで向い合せに家があった。次の頁（九五頁）には「1953・5・20 岡谷署事件被告家族の集い つるみね」という説明文の付いた一枚のスナップ写真が載っている。鶴嶺公園のつつじが満開の季節で、二十数名が集う宴会の前列中央には保釈されたばかりの片倉万吉が話し込む姿が、奥には赤子を背負った片倉みどりと鮎沢多喜男の顔も見える。また左隅には孫（多喜男の子）を膝にのせ安堵の表情を浮かべる鮎沢実也も写っている。

読売新聞の報道を追えば、爆発物取締罰則違反により、日共諏訪地区委員一名を含む四名が起訴され、長野地裁諏訪支部の公判において翌年（昭和二十九年）五月九日求刑、同年六月二五日に二名に有罪、二名に無罪の判決が言い渡されている。鮎沢多喜男は懲役二年六月（求刑懲役五年）、片倉万吉は懲役二年（求刑懲役五年）。報道にはないが、執行猶予付だったと思われる。事件から四年五ヶ月経った昭和三十二年八月四日、指名手配中だったSが岡谷市の自宅で逮捕された。記事には「Sは前夜に岡谷市役所で開かれた日共創立三十五周年記念大会の演説会に現れ、岡谷警察署爆破未遂事件は警察がスパイを使ったデッチ上げだと演説した。」とある。

この事件は地裁で結審したが、前年の昭和二十七年（一九五二年）四月三十日に隣接する上伊那地方で起きた辰野事件は、辰野警察本署や派出所などへダイナマイトや火炎瓶による襲撃があったとして、十三名の共産党員が逮捕され、東京高裁で全員無罪の判決を勝ち取るまでに二十年の歳月を要した。一九五二年は四月二十八日にサンフランシスコ平和条約発効、GHQの占領が終わり、党機関紙『赤旗』が復刊、東京では五月一日血のメーデー事件と呼ばれるデモ隊と警察部隊とが衝突する騒乱が起きている。

岡谷の事件は、長野県警察による冤罪事件とされる辰野事件と同じ政治的構図の中で起きていて、総選挙における共産党の進出を妨害する意図があったとされる。なお、日本共産党が武装闘争方針を放棄するのは一九五五年の六全協においてだが、それ以前に起きた事件なので、敵対する警察（権力）と共産党（中枢）との間には、当事者同士にしかわからない真相があり、第三者にはうかがいしれない闇が横たわっている。

（※引用元の実名を一部仮名に変更）

トンネル問題①

昭和四十一年頃、諏塩トンネル問題（122頁参照）が起きる。三沢ではじめ反対したのは个（ヤマト）の文平さん、日本亭の主人や伍一さであった。二年後、計画は白紙撤回となる。しかし、昭和四十四年、次に出たトンネルの路線計画も同じものであった。

けれど、なぜかはじめに関わった人たちは「まだ反対なら、お前たちやれ」と続けなかった。村人は、水道部の芳雄さんを反対の委員長にした。万吉が副となった。やはり、一、二年も経って病気を理由に芳雄さんも辞めてしまった。村人は万吉に委員長を頼んできた。それから万吉は、トンネル問題が終わるまで、信念を貫くことになる。

トンネル問題の最後は、万吉一人になる。反対で闘った人たちも皆、屋敷を立ち退いていった。万吉は、強制土地収用法の裁判にかけられる。

国鉄に私の同級生が勤めていた。

「鉄道が通ってもみどりさんは、汽車に乗らないねぇ」。敷設に反対の万吉の妻の私に、同級の親しさで憎らしい言葉を吐いた。私は急にそんな事を言われてびっくりして苦しまぎれに「ええ乗らない。乗る時はお金を払って乗る、ただでは乗らない」と答えた。国鉄の職員だった同級生は、後は何も言わなかった。

闘いの最中、伍一さと貞介さんが、草木も眠る真夜中一時頃、酒に酔って「万吉いるか、出て来い」とどなって来た。私はまだ寝ていなかったので、出て行った。

「なんでしょうか」

「万吉を出せ、話がある」

「あなたたち今何時だと思っているの。この草木も眠る真夜中に、何ですか、用があったら、昼間に堂々とお出になったら？」

この話の一言に、伍一さが、貞介さんに「やあやあ寝てしまったと言うぞやぁ」と言いながら帰って行った。


ある時、もうトンネルが通ることになって、村の役員たちが、墓地に集ったことがあった。そして汽車の通る場所など確かめていた。私も行っていた。すると伍一さが寄ってきて、「お前さまたちは反対していたが、通るようになったじゃないか」と満足げにささやいた。私は、すぐ「お前さまたちが引っくり返したからじゃあ」と言ったらあとは何も言わなかった。

ある時、家の前を通りながら、伍一さの奥さんが、「どこか移らなければいけないとかだねえ」と話しかけて来たので、「ええ、風前の灯火」と言った。多くを話したくなかったので。貞介さんは国鉄の人に、「万吉には補償を少なくしてくれ」と言ったと。国鉄の人は「そんなこと言われたの初めて」と万吉に言ったそうだ。

私も闘争中は、中に入って万吉の下でよく働いた。議員仲間の拓さが、トンネル闘争を応援するためと言って、我が家を共産党の本部らしくした。三沢区あげての闘いだったので、三沢区の公会所が闘いの本部になっていて、自由に使えていたのに。共産党だけの本部を作った。私の知らぬ間に、共産党関係の人たちのたまり場になっていった。

拓さはよく御飯を食べたので、私が作らねばならなかった。他の人も、食事を出したり、お茶を入れたり、仕事が遅くまで続いた。私はよいとして、仁がまだ小さかったのに、見てやっている時間がなく、ほったらかしになったせいで熱を出してしまった。国鉄の測量に反対して、村中の人がその阻止に出ていた。私も家を出ていた。

すると私のいない家の中へ、党の関係の人たちがいっぱい入って来て、仁は泣きそうになっていた。私は人からそれを聞いて、慌てて家に戻ってきた。そしたら本当に泣きそうな顔をしていたので、すぐ抱いた。私も泣きたいくらいだった。しっかり抱いていたら、熱は下がってきて平常に戻った。

医者に連れて行ったらと言われた。我が家を闘争本部にするのを、私に何の相談もなく決められて、仁は可愛想だった。家の中に居場所がなかった。私が気がつけばよかったのに、私も気が立っていてそれに気付かず、申し訳なく思った。国鉄問題は十数年続いたでしょうか。いろいろあっても、文を書けない私のような者には書き残すことはできなかった。

（2021年3月2日）

トンネル問題②

トンネルの思い出はいっぱいありますが、うまく書けません。まだ、三沢区が絶対反対で、団結が一枚岩だった頃、県から数人説明交渉に来たことがありました。三沢の公会所は満員でした。県職の人が、話をしようとするのですが、話し合いにならないのです。今までの県の地元に対する態度が冷たかったせいでしょうか。結局話し合いにならず、帰る時、歩きながら「必ず通して見せる。通さない事など一度もないわ」と、捨てぜりふを言ったのを皆聞きました。私も、県職ともなれば強いなあ、と感じました。県との話し合いは二度とありませんでした。

そんなことがあってから国鉄の動きは、夜行性になっていきます。潜行と言いましょうか、トンネルルートにある人の家を一軒一軒回って、夕方歩くようになる。これからは一本釣りでいく、必ず通すと。一軒一軒になると、良い条件を出すからと言われ、だんだん心が迷うようになっていくのは、なりゆきと言うものでしょう。
そんな中、今までの仲間には、「万吉さんについていると立ち退き先を世話してもらえるのか」などと言われるようになります。私の耳にも入りました。そう言われると、返す言葉がありません。万吉は、自分の立ち退き土地もない者ですもの。強いことは言えません。

ふと仁三郎が言ったことを思い出しました。まだ元気だった仁三郎さんは「学校の下を買え」と言いました。移転先にうってつけの代替え地があると知っていたらしかった。私が「家にはお金がないから」と言うと「金はどうにかならないか」と心配してくれました。今、思い出すと涙が出てきます。万吉は、自分のことは考えていません。私もどうにかなるようになると思っていました。それより沿線に残る人たちの要望を聞くことに忙しかった。

万吉は最後の一人になり、裁判にかけられ強制立ち退きとなる。それでも世の中というものは捨てたものではない。万吉を大事にしてくれた先輩が、万吉のためと言って、立ち退き先をとっておいてくれた。何とありがたい事か、頭が下がった。

トンネルは負け戦に終わります。闘い済んで日が暮れて……山裾に居を移して前より不便にはなりましたが、そして三十年培った隣近所のつき合いも、たち切られましたが、ここで生かしてもらうべく、第二の人生を歩む私でありました。

トンネルに移りし山裾のこの家は山鳥の声木枯もまた

当時詠んだ私の短歌です。

（2021年3月5日）

トンネル問題③

トンネルのことでまた思い出したので書きます。もう残っている家も数軒になった頃、清治さんが来て、「もう万ちゃも売った方がいいぜ」と言ってくれたことがありました。そんなことを言ってくれた人はいなかったので、私は嬉しかったのを覚えています。「ありがとう。でも家は、立場上、最後の最後まで残りますから」と答えたことも忘れません。

その頃、隣の功さんも、「国鉄が家の土手を今のうちなら家屋敷と同じ値で買うと言ってきた」と周りに誰もいなかった時、私に言った。功さんの家裏の土手は高くて長かったので、大きい金額だったのでした。確か、六百万だったという数字だけは覚えていますが、何が六百万だか忘れました。そんなことで、いよいよ功さんまで来たのかと、私なりに心を引き締めたのを覚えています。

長かったトンネル闘争も終わり、国鉄の人たちは、岡谷の小さな旅館で祝杯を上げておりました。その最中、万吉さんを呼ばないかという話になったそうです。夕刻電話がかかって来て、万吉は行きました。七人くらいいたそうです。もう相手方と言えども顔馴染みの人たちでした。その人たちは言ったそうです、「村の人たちが反対するのは、よくわかったと。おれたちだって、万ちゃの気持ちはよくわかった」と。そして楽しく思い出を語り、お酒を美味しく頂き帰ってきて、そんなことを私に話してくれた万吉さんでした。「万ちゃの人柄だなあ」と私も嬉しく思いました。

トンネルのことはいろいろ思い出はありますが、最初から順序だって書けませんので、あっちへ行ったり、こっちへ来たり、すみませんね。

（2021年3月7日）

●〈解説〉諏塩トンネル問題

岡谷と塩尻を結ぶJR中央東線のトンネル（口絵参照）は、計画段階では諏塩トンネルと呼ばれたが、現在の名称は塩嶺トンネルである。

昭和四十年（一九六五年）に国鉄（一九八七年に分割民営化され現在はJR東日本）は、中央東線の岡谷と塩尻の間にトンネルを掘り、短絡線を新設する計画を発表した。集落の真中を鉄道が通ることになる三沢と橋原の両区は、それ以来十六年にわたって建設に反対する住民運動を展開した。（開通は一九八三年）。この反対運動は、国鉄を相手に一旦は計画の白紙撤回まで追込み、二度に渡る強制測量を阻止、二千名以上の原告団を結成した裁判闘争も行ったが、区民が一枚岩となった絶対反対から、住民の中に条件闘争派が生まれ、運動は分裂した。昭和五十二年区議会の多数決により、両区は反対闘争から条件闘争に切り替え、訴訟も取り下げた。反対運動と裁判闘争は、区とは別の形で継続されたが、運動に対する切り崩しにより、事業用地内に残る家は三沢で二人、橋原で三人のみとなり、国鉄は収用委員会に採決を申請、昭和五十五年、収用委員会と裁判で国鉄と和解し、反対運動は終結した。三沢区トンネル反対対策委員長を務めた片倉万吉は、事業用地内に家があり、最後の一人として立ち退きに応じた。

三沢区に居住していた弁護士の菊地一二は、住民の一人として、また弁護士としても反対運動にかかわり、「塩嶺トンネルの闘い」という手記を残している。その中で運動の推移の記録を残すとともに、このトンネル問題がもたらした教訓も明らかにしている。（自由法曹団長野県支部編『信州人権宣言　長野県・自由法曹団20年誌』信州の教育と自治研究所、一九八七年、七六頁〜九六頁）

片倉万吉の「塩嶺トンネルと法律事務所」と題する一文には、反対闘争には林法律事務所と自由法曹団の弁護士の法的な裏づけのある実践的指導と支援があったと記されている。また、昭和四十九年一月の国鉄の強制立入測量に対して、六十名の測量隊が「三沢橋原区内に侵入を計ったが、両区民は之を阻止するため職場を休み、生産を止め、老若男女を問わず連日二百名以上の区民が厳寒の中で阻止闘争に参加した。測量隊の動きを車や望遠鏡、無線機等を使ってさぐり、近づく測量隊を部落の入口でスクラムを組んで阻止し区内に一歩も入れず約二十数日を闘い抜いた。」と、民衆の蜂起とまでは言わないにしても、高揚した住民運動の様子を書き残している。（林法律事務所編『この35年　林百郎法律事務所35周年記念誌』昭和五十七年、一二五頁～一二七頁）

同時期に、各地で同じような、公共事業に対する地域住民による反対運動が起きていた。成田空港の建設に反対した三里塚闘争（一九六六年反対期成同盟結成、開港したのは十二年後の一九七八年）も、同じような経緯をたどったが、左翼学生運動と呼応する形で大きな社会問題となり、政府と住民の双方ともに大きな痛手を負った。こうした一連の反対運動は、それまでの公共事業のあり方を見直して、住民との合意を重視する方向に転じさせるきっかけとなった。

四年の捕虜生活

捕虜の四年間のことは万吉も余り話してくれない、また聞きたくもない。唯一話したことは、ソ連が捕虜を解放した時のことでした。捕虜生活三年が終わって、順番に祖国日本へ帰れるようにという命令が出た。ところが、後に帰る人たちはもう一年先になってしまうという。

万ちゃは、皆に好かれ、頼りにされていた存在だった。先に帰られては困ると言う人たちも大勢いて、その中に、もう後一年耐えられないと泣いてすがってきた青年がいた。あまりに可哀想だったので、帰るのを譲ってやった。万吉はさらに一年捕虜になった。その青年は帰れるようになって、生き返ったように喜んだという話でした。

捕虜となり死をかけたような生活から、一刻も早く祖国へ帰りたい、帰りたいと一日千秋の思いで待っている人たちの中に、万吉みたいな人もいたのかと、私は不思議なくらいに思いました。

そして、四年の捕虜生活を終えて帰ってきました。三年なら普通でしたが、一年多く捕えられていたということで、赤というレッテルを張られたらしい。昭和二十四年に帰って、二十七年に結婚するまでは、家業を手伝ったり藁細工を教わったり、土木作業の仕事に出ていったりしていたようです。一度、橋の仕事をしていたのを見ました。結婚してからは、失業対策事業に出ました。一日土木の仕事で、私たちにとっては尊いお金でした。うれしかったです。失対も日によっては仕事に就けず、あぶれた日もありました。

ある日、万吉が失対の仕事で、鮎沢の県道の仕事をしていたら、糀のお得意様のお直さんがそれを見て「糀屋様が、しらばっくれて」と万吉に言ったそうです。その頃は、失対に出るのも制限があって、隣組長の判がなければ、出れなかったのです。一緒に暮らしていて家族の収入等があると失格でした。隣組長の加賀山さんが、「別居」ということにしてくれて、失対に出ることができました。

お直さんというおばさんは、頓智がきくということで鮎沢では有名な人でした。糀もよく買ってくれました。ある日、配達に行った私にこんな話をしてくれました。終戦前のこと。どぶろくも酒類できびしく、家での製造はご法度でした。自家用なら、それほどでもなかったか、そこらへんのことを私は確かではありません。

ある日、警察官が調べに現れたそうです。お直さんは、もうすべてを察して、先手を打って「まあまあご苦労様です」と明るく対応して、「この間、甘酒を作ったら、酸っぱくしてしまって美味しくなくていけないけれど、まあ一杯飲んで行って下さいましょ」。すると警官も悪い顔をせずに、うまそうに飲んで行ったと。お直さんは話してくれました。さすがと思い、その頓智のよさに、私は敬服し、今も忘れずにいます。

（2021年3月12日）

片倉万吉の生涯

――――――２０１０年、脳梗塞で倒れた万吉のリハビリの一環として、作業療法士の清水飛鳥さんが、万吉から聞き取って文字に起こしてくださった。

長野県諏訪郡川岸村三沢四二二番地　大正十四年十一月十二日生まれ。父は仁三郎、母は喜代美。姉が三人、兄が一人、弟が一人、妹が二人。実家は糀屋で味噌造りもやっており、昔からお蚕や百姓の手伝いを積極的に行っていた。当時は機械もほとんどなく手作業中心となっていたため、かなり苦労していた。

遊びとしては、村の子供たちと一緒にお盆花を採って売ったり、野球を楽しんだりしていた。

「野球と言っても球がねぇもんで、ボロ布を巻いて作ったんだよ。グローブはおふくろが硬い布をはって作ってくれたの」

村にある熊野神社の中に、学問の神様と言われる天神様が祀られているが、そこで行われる年一回の相撲大会にも出場したこともある。

「俺は相撲強かったよ。俺は十人抜きしてブリキのバケツと柄杓、あと学用品をもらったんだ。家の人もとても喜んでくれたんだ。買うとけっこう高いんだよ。当時は貧しかったから」

その後、岡谷工業高校の応用化学科へ進学した。

「俺は応用化学科の一期生だったんだよ。化学分析を五年やったよ。弓道部に入って初段を取っただ。柔道の初段も取ったよ」

五年後に、戦時中であったため三ヶ月繰り上げて卒業させられ、平和産業に就職したかった希望は叶わず、軍事工場への就職を強いられた。満州の軍属へ配属が決まり、翌年の一月八日に出発した。

「東京の陸軍兵器廠に一泊して、翌日東京駅から九州の小倉工廠へ行って更に一泊したんだよ。それから関釜連絡船に乗って朝鮮へ渡ったんだ。それから満鉄に乗って新京に行ったんだ。そこに俺の部隊がいたんだけれども、夜中に着いたもんで迎えが来なかったんだよ。困ったけれど、偶然、親戚がそこにいたもんで、泊めてもらったんだ。その翌日に自分の部隊が迎えに来てくれて、六三部隊に初めて務めたんだ」

関東軍の六三部隊とは化学部であり、大豆から潤滑油を取る研究をしていた。南方は抑えられており、物資が届かず石油が不足していたため、モービル（エンジンオイルの当時の代名詞）を何とか作れないかと日々研究を重ねていた。

「研究は俺ばっかじゃなくてな、どこかの大学を出た頭の良い将校たちが色々と教えてくれたんだよ」

結局、モービルは出来なかったが昔に学んだ応用化学の知識を活かして活躍し、将校たちの教育も受けながら日々勉強していた。

「俺は軍属として軍隊に就職していたから、新京に集まれという関東軍からの命令を受けて、六三部隊に行ったんだよ。そして、その後、関東軍の七九七部隊に入隊しろって命令されて、今度は軍人として集まっただよ」

そこで物を運ぶ役割を担っていたため、自動車の運転の訓練を受けていた。戦争が激しくなり、八月九日にソ連軍が満州に攻めてきた。その後、新京から吉林（吉林省通化）へ移動している間に終戦を迎えた。

「それを知らなんでな。戦争が終わったなんてことは途中で聞いたんだよ。ホントならそれで引き返しても良かったけれども、そのまま吉林へ向かったんだ」

吉林へ到着したが、合流するはずの軍隊はすでに帰国へ向かっており、命令系統は混乱し、通信手段が全くなかった。命令もない中で「ソ連軍が来るから逃げろ！」と部隊の上官が言った。

「険しい山を越えると川へ出たんだ。とてもでかい川（鴨緑江）で橋が一キロ以上あったと思うんだ」

橋を渡り朝鮮の国へ入って行ったが、命令がなくどのように動けば良いのかが全く分からなかった。

「命令がないだもん。唯々逃げたよ。平壌まで行ったら既にソ連が入っていてね。そこで武器や弾薬や自動車も全部取られたんだ」

着るものだけ背負って朝鮮の山の中を歩かされ、満州（朝鮮？）の関東軍四万人が平壌の三合里に集められた。寝るところは地べたに薄い毛布を敷く程度であり、寒さに苦しんでいた。そこにいたほとんどの日本兵がアメーバー赤痢にかかり、眠れない程の下痢に苦しんだ。「俺もその一人だった」

その後、朝鮮窒素の工場の宿舎へ入れられた。その後は、毎日、朝鮮の港でソ連の荷物を船に積み込む仕事をさせられていた。

「後で聞いたら、あの時に積み込んだ物は、シベリヤに行った日本の捕虜に配る物資だったらしいな」

その後、シベリヤ（ソ連）へ連れて行かれ抑留された。

「今度は完全に抑留されたんだ。元山という朝鮮の港からナホトカへ連れて行かれたんだ。そこはソ連の軍港だよ。毎日のように夕方になると雨が降る場所でな。

とても寒かったよ」

そこで一週間ほど待機させられた後、ナホトカからシベリヤ鉄道で約一ヶ月かけて、ロシアの首都・モスクワの収容所へ移動した。その後、近くの収容所へ移動させられた。そこでは毎日作業に出て、大きなカメラを製作する工場で、ドイツのツァイス(Zeiss)製カメラの部品を整理する仕事をさせられていた。労働時間は八時間程度で、昼食はパンが支給されていた。

「たまには魚や肉も出たよ。肉は羊の肉だ。麦とか米、魚とかも出たよ。煙草ももらったことがあるよ。何が出るかは日が決まっているんだ。国際法に捕虜規定があってな、どれくらい栄養を摂らせるかは法律で決まっているんだ」

しばらくその収容所で仕事をした後、三十名の捕虜選考に選ばれ、モスクワの共産党の将校たちに共産主義の勉強をさせられた。

「モスクワの町をめぐりながらソ連の歴史を学んだんだ。レーニン（中央）博物館に行くとな、ソ連の歴史が良く分かるんだ。他にはソ連共産党について学んで、どうやって革命を成功させたのか。歴史について勉強させてもらったんだよ。ソ連の将校は日本語が上手でな。そういう奴らが俺たちを教育してくれたんだよ。共産党員にさせようとしていたんだよ」

そこを三ヶ月ほどで卒業し、他の収容所へ移動させられ、その収容所の捕虜に対して、共産主義について教育しろという命令が下った。朝鮮人の所で捕虜収容所に派遣され、共産主義について教育を試みたが、朝鮮人は反日感情が強くこちらの説明に聞く耳を持たなかった。

「なんしろ初めて行くところだからな。どう説明していいかわからなんだなぁ。とにかく反日感情が強くて、言うことを聴いてもらえなかったんだ。とっても苦しんだだよ。そんな連中を説き伏せるだけの自論がねぇだもんで」

その後、いくつかの場所を転々とさせられたあとに、チカロフという町へ行かされた。

「チカロフには航空隊の士官学校があっただ。それで住宅を作る作業をさせられていたんだ。あれはえらかったなぁ。住宅の基礎をつくる穴を掘らされたんだが、一メートルの土なんだけれども、凍っているからコンクリートを掘るようなもんだ。ろくに掘れたもんじゃないね」

しばらくその場所で作業をした後、さらに違う場所へ回された。時には伐採へ駆り出され、太い木を切ったりデカイ車に積み込んだりしていた。その後、数年同じような作業をやらされて過ごした。ウォロシロフという町では軍隊用の物資を貨物から降ろす仕事を行っていた。

「辛かったよ。夜中も何も関係なく荷物が届くんだから」

ソ連捕虜生活の中で青年行動隊を作り、その隊長となって「元日本軍の階級制度を無くせ」という反軍闘争をやり、将校など位を全部なくした。それ以前は日本軍の階級制度の下に強制的に仕事をさせられて、体を悪くして死んだ仲間も居た。前の階級制度の中では、日本軍の将校たちは仕事をせずに命令して、捕虜の重労働を下っ端に強いていた。寒い中でその犠牲者は大勢いた。

その頃、日本へ帰国するという話が出た。

「しかし俺はね、小さい班の班長をやっていたんだ。班のみんなから帰っちゃ困ると言われたんだよ。だから別の人を先に帰しただ。そしたら帰るのが一年遅くなっちまったんだ」

グループの班長をやりながら一年を過ごし、待ちに待った帰還命令が届いた。

「ナホトカで日本行きの船を待ってたんだけぇども、ナホトカの港は冬は船が出ねーんだ。結局そこで待たされている間も、物資の積み降ろしをやらされてたんだ」

寒い季節が終わり、ようやく帰れることになった。ナホトカから船が出て、日本の舞鶴港に到着した。

「日本が見えたときは嬉しかったよ。舞鶴港には進駐軍（米軍）の調査員がいてな、俺はシベリヤで役員をやっていたから、どこでどんな仕事をしていたか等、一週間ばかり取り調べを受けたんだよ。だから皆と一緒に帰れなかったんだ」

その後、舞鶴駅から信州行きの汽車へ乗り六年ぶりに長野県へ帰ることが出来た。

「皆と会えることが嬉しかったんだ。岡谷の駅で待っていたという話だったけど、当時は差別があって正しい情報が家族へ告げられていなかったんだ。だからいつ帰るか分からなかったらいいしな」

「当時はな、思想弾圧があったでしょ？『赤』だ『赤』だ言われてな、とにかく仕事に就けなかったんだよ。〝にこよん〟ってよく言ってたぞ。一日働いても二百四十円という低賃金だけども、他は働かせてもらえなかったからしょうがなく土方をやっただ」

戦地から帰った人のために、国が失業対策事業を行い、家庭を持っているが仕事がない人を中心に職の提供をしていた。家の仕事も手伝いつつ、給料の安い土木作業の仕事をしていた。当時、レッド・パージが頻繁に行われていた。思想差別が徹底しており「共産党は排除せよ」という決まり文句が唱えられていた。

帰国後の翌年、五月一日に日本共産党へ入党した。地元の市会議員や組合執行部などにも積極的に行ってきた。

「そういうところでやってきたから、支持してくれる人もいたんだよ」

自由労働者の賃金を守れ！生活を守れ！という目標を掲げて、組合組織として結束を強めた。要求を県や市町村・国へぶつけていった。そういうことをやっている中で選挙に出馬し、岡谷市会議員となる。組合執行部として、また六期二十四年の間、市会議員として活動した。

「みんなの要求を通すために！」当時、諏塩トンネルの計画が国鉄より発表された。トンネルは岡谷から塩尻まで延びるトンネルであったが、誰にも知らせず急に発表があったため、村中で反対していた。国鉄の測量隊が来た時には、村に住む住民と国鉄職員の喧嘩が激化していた。村民が壁を作り測量隊を入れないように阻止していた。反対派のトップとして力を尽くした。署名なども積極的に進めていたが、徐々に国鉄の手がまわり最終的には負けてしまう。

「色々やってたんだけども、ダメだったな。夜に国鉄の連中が来て、こっそり商談を持ちかけていたんだよ。一筆買いってのがあってな。必要な土地に一坪でも掛かっていたら、その土地全てを買い取るというやり方だ。それには村の衆は弱かったなぁ」

――「私の生涯　片倉万吉」より抜粋

片倉万吉の生涯

短歌

――六十四歳から歌を詠み始めて三十年、五百余りのなかから選んだ三十首

一九九四年

いそいそと家を出で来て六十のわが足軽し短歌講座に

久久に泊る孫娘の伸びし背よ大人の布団の丈の余らず

なぜ子供を連れて来なかった盆に言はれしが父のついの言葉になりぬ

一九九六年

ごみを焼く煙の匂いは退院のわれに嬉しきこの世の匂い

一九九八年

四歳のわれを案じて逝きしとぞ母の哀れよ結核憎し

落差落ち天龍川となるダムは吸ひ込まるる音凄まじき音

一九九九年

万葉集講座受けたく出で来れば満月公民館の庭に煌煌

二〇〇〇年

学徒動員にて昼は真空管のリベット打ち夜は暗き寮に勉強したり

手術あと十キロ痩せし身風呂にて撫でよくぞ耐えしと思ひきり泣く

病院にて新年迎ふも仕方なし良い年願ひ粥を頂く

白子干し食ふ時浮かぶはをちこちに煮て居し女子と四国の海辺

二〇〇一年

大学に入りて四ヶ月夏休みに来し孫丁寧な言葉になりぬ

この孫も家庭教師のアルバイト二口決まりしを嬉しげに言ふ

二〇〇二年

教え子を詠みし文明大人の碑の伊藤千代子が墓に鎮もる

二〇〇三年

仏壇に拝むわれに真似て孫組む手小さくかわゆかりけり

二〇〇四年

欲しかりしブルーベリーの苗二本娘の呉れぬ母の日に

戦争法案通るを告ぐれば戦死せし兄の写真の怒るがに見ゆ

三日目も弁当背負ひ御柱祭に出て行く夫の若やぎて見ゆ

元旦の煙火に驚き上川の白鳥数百諏訪湖に集ふ

二〇〇六年

赤恥を掻きしも誉められしもあり北澤先生に短歌教はりて

二〇〇七年

敷物に膝つきて畑の草とりす病み居し時のわが夢なりき

二〇〇八年

身は細く優しき性の孫なれば苛められ易きかわれは哀しき

二〇〇九年

わが作る野菜は粗末の物なれど獲れし礼言ひ大切に食す

二〇一六年

忘られぬ夫との旅の瀬戸内の活魚の味は最初の最後

珍しく薪風呂沸かす家在りて夕刻のぼる煙のやさし

六十年平和の砦憲法のいづくが悪く変へむと言ふか

二〇一七年

干しし布団寄せむと背負ひよろよろと転びて知りぬ老いの足腰

二〇二二年

高価なる台湾バナナを夜店にて祖母買ひくれし昔忘れじ

籠もる身は娘の誘ひにすぐのりてラーメン一杯にも元気湧き来ぬ

省みれば夫との旅は何と二度一度は尾道ビジネスホテル

十三人族揃ひて墓拝む浮かぶは夫の優しき笑顔

病床日記

――脳腫瘍の手術を受けた時の記録（七十代のときに書いた自分史『年輪』より）

手術前

一九九五年十月二十三日、私は松本市の信州大学附属病院で、脳外科の手術を受けました。岡谷病院の検査で脳に腫瘍があることがわかったのです。首の上の奥に親指大ほどの腫瘍があり、それを取り除く手術でした。その朝、私は一人病棟の屋上に出て東の空を仰ぎ、太陽に合掌し「どうか今日の手術が成功しますように、お護りください」と祈りました。

手術は九時からで、時間に合わせて、迎えの担架が用意されました。六人の相部屋でしたので皆さんが「がんばってね」と言ってくれました。わざわざベッドから降りて励ましの言葉はありがたく、「はい」と答えて、私は担架に乗りました。

「行きますよ、がんばってね」幅の狭い担架を引く看護婦さんも、力をこめて励ましてくれました。

今まで歩んできた人生は健康に恵まれて大病をしたことはありませんでした。私は正直いって「がんばって」と言われても、その真意はわかりませんでした。六十余年を働きどうしだった私には、仕事に対しての頑張るという言葉は、骨身にしみて分かりましたが、病気には無知で、その言葉が解せないので、看護婦さんに聞いてみました。「頑張るってどうすればいいの?」と。返事はありませんでしたが、分かっている事を聞く変な人と思われたかも知れません。担架は長い廊下を何度も曲がりながら引かれて行きました。どうやら目的の手術室に着いたらしく、慌ただしい雰囲気を感じた途端に、私の意識は遠退いていきました。麻酔の注射が効いてきたのでした。

脳腫瘍とる手術おもえばこの娑婆のいたくいとほし噎び泣きたり

この短歌は、入院が決まってからの或る日家に一人で居た時、迫りくる手術を思い慟哭した時作ったものです。

手術後

気がついた時、私はガラス張りの殺風景な部屋におりました。白衣を着た一人の女が、時たま私のベッドに近づいて来て、機械で痰を吸い取りました。全く口もきかず、まるでロボットのように。私は口に人工呼吸器の太い管をくわえ、手足はベッドに括りつけられ息苦しさに耐えるだけで、精一杯の状態でおりました。この苦しさを訴えたくて、微かに動く手の指先で、痰取りをしてくれる人の白衣の袖を漸く掴み「殺してください」と、言いたかったけれど、声が出ませんでした。

ああ、今殺してもらう事ができたなら、私はどんなに幸せであることか、楽になれることかと心から願ったけれど、叶うことはありませんでした。そして、死の苦しみの中で見たものは、橋を前にした自分の姿でした。幅の狭い橋の下には深い谷があり、黒い川がありました。私は渡り始めました。その時、後ろの方から「頑張って治しておいで」と言ってくださった吉川さんの声が聞こえました。続いて大勢の友達から一斉に「頑張れ」と、言う声が聞こえてきました。

苦しいどん底にあり、もうろうとした意識の中で、皆さまが応援していてくれる。見守っていてくれるから、私も頑張らなければと思う気持ちが湧いてきました。すると、カラオケの時に教わった腹式呼吸が思い出され、意識して大きく息を吸い吐きだしました。はあー、はあーと。

苦しさが少し和らいだような気がしましたが、すぐに一つの不安が湧いてきました。私は、この手術により声が出なくなったかも知れない？　もしそうだとすれば、この先どう生きていけば良いのか、暗さだけが心をよぎりました。その時、部屋の中か外か分かりませんが、夫の姿がちらっと目に入りました。が、嬉しい気持ちも湧かず、ただ不安と苦しみに耐えるのみでした。主治医の渡辺先生が横に来てくださったので、私は声を失ったのではないかと聞きたいけれど、呼吸器の管が入った口からは、声も言葉も出ませんでした。

この世とあの世をさまよう時間はどのくらい続いたのでしょう。呼吸器の管を外され集中治療室を出たのは、いつ頃だったのか？　後で聞いたところによると、手術に八時間その後、集中治療室に十六時間いたそうです。「声は出るようになる」と渡辺主治医に言われた時は、闇夜に小さな光を見た思いでした。

けれども、執刀された赤石先生から、腫瘍にくっついていた右側の、迷走と声帯の神経を切らざるを得なかったと、知らされる事になりました。青天の霹靂を感じたのは、食物を前にした時でした。お汁もお粥も喉が受け付けてくれないのです。食べなければ死に至ると思い、熱のある頭の傷口に、濡れたタオルを当てながら、二匙ほどのお粥を一時間以上かけて食べるのですが、その時、私のむせる声は、病棟の端々まで響いて届いていたそうです。手術後も、こうして苦しみに打ちのめされる日々が待ち受けておりました。

夫に添ひ手術後十日窓越しに常念岳の初冠雪を見る

迷走神経と私

平成七年暮れ、私は信州大学附属病院にいた。脳腫瘍の手術をして二ヶ月が経っていた。手術は成功しましたと執刀医師は言った。ただ親指大ほどの腫瘍が迷走神経と声帯の神経の上にあって、腫瘍をきれいに取り除くためには、くっついている神経を切らねばならず、神経を残そうとすれば、腫瘍も残る。どちらにすべきか、医師たちで協議した結果、前者を選んだと言われたのです。

その説明を受けて、ようやく、手術から二ヶ月の今日に至るも、苦しみのつづくのが何故だか素人なりにわかった。迷走神経についての説明も受けた。医師は言った。「この神経の名前をつける時、他の神経と違ってこの神経はどこへどう行って何を司っているかわからなかった。だから迷い走ると書いて、名前が出来たのだと。そしてその神経がまた他にないほど、重要な役目の神経であること、つまり食べ物を口から入れて不要物が出るまでの一切を司っていることを教えて下さった。

私は、人間ドックに入って、腫瘍のあることを知り、院長にすすめられて、取り除き手術をしたので、まだそれによる体への支障は現れていなかった。だから食べ物を食べられるのは、人間の本能、あたり前のことと考えていた。それが、手術をした途端、喉が何も通そうとしない。茶を飲もうとしても、むせて喉が受け付けてくれない。一匙の水をなめるように喉へ入れようとすると、もう強いむせに襲われて苦しいのです。食物を体が受けつけてくれない、ということの辛さ、惨めさ、苦しみ、怖さ、絶望感に私は打ちのめされた。手術後二ヶ月過ぎても、余り変わらず食し難き日々の連続だった。毎日の点滴のお陰で生きていたのでしょう。

この六人部屋の病室には、私のように神経を失って、食す苦しみに喘いでいる患者は他にいなかった。横のベッドから毎朝おいしそうにお茶をすする音がしてくると、私も早くあのようにお茶が飲めるようになりたいと思い涙が出る程羨ましかった。

朝まだき病む窓に寄り空遠き乗鞍の白嶺に快癒祈りぬ

まだ皆が寝て居る夜明け、そっとベッドから下り、カーテンをよけて外を見た時、遥か彼方の空の一角に真白い乗鞍の嶺が、そこだけ朝日に輝いているのを見た。崇高で神秘的でした。

「片倉さんのリハビリは、食べ物を喉へ通すこと」と赤石医師に言われた。動き難い手足などを無理にでも動かすことがリハビリぐらいの関心しかなかった私は、リハビリにも種々あることを初めて知った。そして、手足のリハビリの方がまだよいな、御飯はいくらでも食べれるのだものなどと心底思いました。

わがベッドに娘の呉れし白房の快癒の御守り吊されている

病院のおかずを食へぬわれを見て夫は蜂の子買ひ来てくるる

看護婦は深夜懐中電気にてわが点滴の漏るるを見つけぬ

ペンを持つのも苦しいと書きつつ日記かわりに詠んだ入院当時の短歌を拾ってみました。

第十番目の脳神経から出て複雑な走行を示し、心臓、肺、胃など多くの内臓の知覚運動分泌を支配するという大事な迷走神経を一つ失って、これから私はその障害に負けぬように、リハビリに励むより他に道はないことを知るのでした。

外泊

脳外科の手術を受けて二ヶ月経った平成七年十二月末、看護婦長に言われた。
「お年取りには外泊してみますか、ほとんどの人が帰りますよ。帰らない人も中にはいますが、ここでの年越しは寂しいですよ。気分転換にもなるから帰ってみては」と。

私は考えていなかったので、それを聞いてびっくりした。こんな食べ物、飲み物をなかなか喉が通してくれない状態で、外泊できるものなのか。それだけではない。いつも気分が優れない。何か喉に虫がいるような気持ちの悪さに苛まされている。とても外泊など出来そうにない。家には点滴もない。暖房も病院のようなわけにはいかない。

婦長の言葉は医師の言葉か。もちろんそうであろう。とにかく、私にはまだ外泊の自信はなかった。でも、病院に世話になっている身であれば、なるべくその意向に沿いたいような気もする。でも、出来ないと思ったならきっぱりと、「私には未だ外泊は無理です」と言えば良いのですが、それが言えなかった。一日おきに様子を見に来てくれる夫に外泊をすすめられたことを話した。夫は「そう言われたなら外泊してみたら。おれが車で送り迎えをしてやるから」と言う。

でも考えてみると、食し難い上に、手術時のメスの切り口も治ったわけではない。体には力が入らず気分も悪い。自分では無理と思いつつ、一方では、「医師が言われるからにはきっと大丈夫ということなのだろう。どうにかなるだろう」と、無責任な気持ちも出てきて、夫に言われたように外泊をしてみることにした。

その日、夫は車で迎えに来てくれた。病院の玄関に横付けしてあったけれど、二ヶ月温室にいた私にとって車までの外の寒風は身にしみた。まるで無謀な私を責めるかのようで一瞬怖いと思った。

夫は毛布や座布団、洗面器などを用意してきてくれた。起きておる元気のない私はすぐ毛布にくるまり、座席に寝た。「どうか無事に家につくよう神様お守りください」。祈るのみであった。

夫の運転は私を気遣って、スピードは出さなかった。寝たままでないと車に乗っていられないみじめな自分。過ぎゆく車窓の景色を寝たまま見るのは初めてである。近くの雑木林を見た時、ふっと嫁いで来た若い頃、近所の奥さんと煮炊きに使うぼや切りに行った冬の村山を思った。雪の中だったけれど、あの頃は自分の体が若くて丈夫だったので、働くことが楽しかった。そんな過ぎ去った自分の姿が眩しいように浮かんで消えた。

夫は山手の車通りの少ない道を走った。それでも途中で気分が悪くなり頼んで停めてもらったりした。家に近い景色が目に入ってきた時は、安堵するとともに村人にこんなみじめな姿を見られたくないという気持ちも心をよぎった。

家に着くとすぐ仏壇の前に座り、親や先祖様に外泊を報告した。そして、親の代から毎朝香をあげてお祈りしている守り神観音様に、「観音様、只今外泊で戻りました。留守中や手術時などお守り頂いてありがとうございました」と御礼を言うと、手術からの二ヶ月間耐えてきた苦しみがどっと涙となって溢れ出て、止まらぬままに泣くだけ泣いた。

夫はボタン式の温風ストーブを買ってあって、部屋を暖めてくれた。お粥も煮てあって盛ってくれた。お勝手仕事など余りやったことのない夫が作ってくれたお粥は、お米が多くてお粥というよりご飯に近く食し難かったけれど、心根がありがたく感謝してよく噛んで少し食べた。

二ヶ月ぶりのわが家での泊まりではあったけれど、気分がわるくて寝床に入るのが精いっぱいであったような気がする。この夜のことは七年過ぎた今、なぜか記憶がさだかでない。

年取りの晩は、遠くで働いている息子が小学四年生の娘を連れて帰って来たので、賑やかになった。鮟鱇とか牡蠣とか食べ易く喉越しのよいものを煮てくれた。おいしそうな香りがしてさっそく食べようとしたけれど神経を失った喉は、通してはくれなかった。その時の私の顔や仕草を四年生の孫はじっと見ていた。目をそらさず食い入るように、まるで不思議なものを見るように、あるいは恐ろしくみじめなものを見るように、あるいは困ったことになってしまったようにも私には見えた。その時の孫の心配そうな顔は、いまだに脳裏に焼き付いて離れない。

さて、寝ていた三日間の外泊も終わり、また元の病院に戻る日が来た。けれども車に乗る時になって強い吐き気に襲われ、病院まで揺れながら峠越えできる状態ではなくなった。困り果て病院へ電話した。主治医の渡辺先生が出て下さり、「それではかかりつけのお医者さんに診てもらうように、その医者の電話番号を知らせてくれれば、こちらから打ち合わせをするから」と言われたので近くの診療所の電話番号を知らせた。そんなことでひとまず外泊は延長された。

小雪まじりの寒い風の中、夫の車で診療所へ行った。点滴を打ってくれた。二日後吐き気も落ち着いたので病院へ戻ることにした。「戻ってもっと治って帰って来なければ」と、心底願うも悲しかった。丈夫になりたい。丈夫にならなければの一念で夫の車に乗った。「どうか病院まで気持ち悪くなりませんように」。また祈りつつ毛布に包まれ、横になった。雪のちらつく中を運んでくれる夫に感謝しながら。

退院

松本平に吹く北アルプス颪は、冷たく肌を刺して大病院に入院して脳腫瘍の手術を受けてから、三ヶ月の日が過ぎようとしている。平成八年、私は六十五歳の一月末。

主治医の渡辺先生は「もう点滴はしませんよ」と言われた。執刀医の先生は、「あわてることはないから、よくなるまでいていいよ」と。教授先生は、「婦長に任せる」と。婦長はそろそろ退院をと促す素振り。私は迷っていた。一度退院すれば、病状がすぐれないからと言って、再びこの病院に戻って来るわけにはいかないとのこと。今度は、岡谷病院の神経科にかかるのだという。

岡谷病院の神経科の先生は、松本信大病院から出張してくる多田先生である。廊下でお会いしたので、「退院したら岡谷病院の方で、よろしくお願いします」と頭を下げた。多田先生は、「ここで良く診てもらって下さいよ」と言った。やはり退院はまだ早いのだ。でも、点滴はしない。配膳車が近づいて来ると、吐き気がする。喉は、食べ物を思うように通してくれない等々考えると、いっそ思いきって、退院して環境を変えてみるのも一つの方法かなと思った。

一月の末、諏訪では一番寒い時期であったが、手術して丸三ヶ月の、一月二十七日を、退院の日と自分で決め、実行に移すことにした。迷走神経を失って食べるに難しく身の立ち直りが出来るのか、退院は、自分自身への、大きな賭けであった。

退院の日、迎えに来てくれた夫の車に乗ろうとした時、空には淡い昼の半月が浮かんでいた。半月は、われを見下ろしていた。「お月様、私は、退院して家に帰ります。まだ喉が思うように通ってくれませんけれど、運を天に任せて、これから生きて行くしか方法を知りません。どうか生きて行けますようお護り下さい」。心の底から祈願した。自信がなく不安だったあの時の気持は、今も忘れられない。

一月の終わりで信州では一番寒い時でした。今頃は皆、家の炬燵にあたって籠っているはずでした。それなのに、畑でごみを焼く匂いが、車の中に入ってきました。

ごみを焼く煙の匂いは退院のわれに嬉しきこの世の匂い

春の訪れ

無理を承知で退院したのだから、当然のことながら辛い日々が続いた。どうしてもまだ喉が食べ物を通してくれない。まあ、お粥だけでも食べれば、生きられないことはないのだと思ったが、体が地につかず気分的に苦しい。看護師をしている次女が、見るにみかねて家にて点滴をしてくれた。助かった。三回ほどしてくれたが、良く効いて、その都度苦しみが和らいだ。

岡谷病院に行って、「椅子に掛けているのも苦しい、食べられない」等ありのままを話した。多田先生は、松本信大の先生だから、患者の私の手術後を良く知っておられる。先生は、食べられぬ私に、「鼻に管を入れようか」とおっしゃられた。私は怖がり屋だから、とても鼻に管など入れられない。一滴水が入っただけでも苦しい。「それはいやです。何とか食べられるように努めてみます」と頼んだ。

岡谷病院の許可状をいただいて、どうしようもない時には、近くの診療所で点滴をしてもらった。夫が食べ物を作ってくれたので、少しずつ時間をかけてでも食べるのが私の仕事。二ヶ月ほど寝て暮らしていた。すると、雪解けの音とともに春が来た。「ああようやく春だ」。嬉しかった。

夫に頼んで自動車で五分ほどのところにある高尾山（たこやま）へ連れて行ってもらった（口絵参照）。草木の萌える山の空気を吸うと不思議と気分が良くなった。聞いてはいたが、酸素に富んだ里山の空気が、弱った体に、こんなにも効くものとはついぞ知らなかった。それは気持ちが良くなり、体にも良いことが自分でも分かるのでした。私が陽光や木漏れ日を浴びて安らいでいる間、夫は、マレットゴルフのコースを一人で球を打ちつつ回った。食べ物を持って行って山裾で食べると、家で食べるより食べやすいような気がした。私の喉には気分転換も大切だなと感じた。

最後の手紙　ふたたび祖母のこと、そして母のこと

私を育ててくれた母の母、祖母は「鮎沢かず」という名前。生まれは鮎沢区の「和亭」と言われる旧家でした。

古くからの区のお墓をみると一番奥の方にあります。厚い厚い石塔が並び、笠付きの石が代々並んでいます。ちらりと見ただけで、昔からの旧家であることが分かりました。祖母はそうしたことは、ひとことも言わない。自分のお里のことは、何も話しませんでした。

和亭にある祖母の生家は大きな茅葺の家でした。その頃、生家には誰も住んでいなくて、私を連れて行ったときは、古い土藏の戸を開けて、布団に風を通しました。唐

草模様の重々しい昔の布団です。私はただ見ていただけで、何も手伝いませんでした。秋には、びくを背負って、祖母と柿をもぎに行きました。私はもぎ役で、木に登って手の届くところだけをもいだのでした。それでも祖母のお手伝いができる数少ないとの一つでしたので、嬉しい思い出になっております。普通の家より大きくて、日当たりの悪い家で、中は暗くて怖いような家でした。鮎沢区の中では、朝日の早く当たる良い場所であったと聞きました。下を鉄道が通ったので、広い高い石垣の上になっておりました。

物心ついた時には、志多亭で祖母と暮らしておりました。何一つ不自由なく祖母の慈愛の下に育てられていました。鮎沢区では、一、二番という地主の家でした。隠居家と呼ばれる家にいて、一人だけで私を育ててくれました。本家は五十歩ほど離れたところにある大きな家でした。本家には、祖父、叔父、叔母、いとこ二人の五人が住んでいました。

和亭の家の後を私に継がせようと思ったことも、祖母にはあったようですが、私の六年生の時に祖母は亡くなってしまい、そのようにはならず、志多亭の祖母の孫に当たる悦子さんが、和亭の家の後も継ぎました。

祖母は困っている人がいれば、助けてあげる人でした。着る物が乏しい人には、自分の着ている物を脱いであげたり。ある時、私と暮らした隠居の隣に子どもの泣き声がたえないことがあった時、とっておきのカステラを沢山持って行ってあげたことがあったそうです。「涙が出るほどうれしかった」と、その時の子どもが大人になってから私に話してくれました。

私は満三歳にして、母を結核菌に命をとられたのでした。上諏訪の日赤病院のベッドの上で亡くなりました。三十七歳でした。私の上には、九歳の兄、十三歳の兄、十八歳の姉の兄弟がいました。

母在命中は、自作農で、けっして裕福とは言えないまでも、まあまあの暮らしであったようです。母を失って、その後一年は、姉が母の代わりになって、弟や妹の私を見てくれたそうです。ところが、その姉も過労もあったのではないでしょうか、もともとそんなに丈夫な子ではなかったようです。母亡きあと一年後に亡くなってしまいます。

その後、父は後妻をもらいましたが、二番目の兄が言うことを聞かないとの理由で、出て行ってしまいます。残された父は困って、当時は思案の末だったのでしょう、私たち三人は、ばらばらにされてしまいます。上の兄は旧制中学を中退させられ、東京に出て就職します。小学校の兄は、父方の伯母の家に、私は母方の祖母の家に預けられました。

運命とは言え、何と悲しい話でしょう。

三歳の私は、母との最期の時、ベッドに向かい、「夕焼小焼」を間違わずに歌ったのだそうです。

夕焼け小焼けで日が暮れて　山のお寺の鐘がなる
お手々つないでみな帰ろ　からすと一緒に帰りましょ
子供が帰ったあとからは　丸い大きなお月さま
小鳥が夢を見る頃は　空にはきらきら金の星

（ＪＡＳＲＡＣ 出 ２４０４５８８－４０１）

するとそれをじっと聞いていた母は、「よくおぼえたねえ、じょうずだよ」と誉めてくれたそうです。それは幾度も父の口から聞かされた。母との別れになったこの歌は、わが胸に深く残り、いまだに涙が出て来て、やたらには口遊むことはできない。

それが私と母との接点の最後となるなんて。

大人になってから思うことがあります。それは祖母のことです。六歳から十三歳まですっと一緒で、お世話になったのですが、その八年間、祖母は一度も母のことを口にすることがなかった。ただの一度もです。それが不思議としか言いようがない。良きにつけ悪しきにつけ、一度ぐらいは間違って口にしてもよいはずだと思うのです。

母のことを口に出さない理由、何か強いものがあったのでしょうね。それは私に対する、言うに言われぬ強い思いのものがあったのだと。私への愛情の証しでもあった。ほかの何ものでもなかったのでしょう。

（2021年9月13日）

あとがきにかえて　コロナ禍での母との文通

母・みどりから届いた手紙はいろいろな紙に鉛筆で書かれていました。極端なくずし字はないので、旧漢字、旧仮名遣いでも判読は容易でした。最初に受けとった何通かをパソコンに入力し、農村女性の研究をしている知人にメールで送ったら、とてもおもしろかった、という返事がかえってきました。まだ続きがあると知らせると、自分が読みたいからと、私に代わって入力する作業をボランティアで引き受けると言ってくれました。入力する際に、漢字と仮名遣いを、若い人でも読める現代風に改めてほしいと頼みました。それでもまだ何通も残っていたので、私を慕って息子のように接してくれた学生に、バイト料を支払って打ってもらい、すべての手紙のテキスト化を終えました。

具体的な見通しは何もなかったのですが、いつの日か多くの人の目に触れる形にしたいと思ってのことでした。でも、息子に宛てた手紙なので、他人が読むことを想定していません。また、思いつくままに筆を走らせていて、時系列にきちんと並んでいるわけでなく、同じことを繰り返し書いている部分もあり、世に出すには大幅な組み替えが必要なのは明白でした。しかし、わたしには編集をする余裕がなく、手つかずのまま月日だけが過ぎていきました。

二〇二二年十二月十一日、愛知県豊橋市で、『八木喜平歌集』の出版を記念したトークイベントがありました。歌集の挿絵を担当した中村美喜子さんから知らせをいただき、会場の「本の豊川堂」に足を運びました。中村さんは浜松市で工房を主宰し染織を行っており、わたしは衣の自給という研究テーマを進めていくなかで知り合いました。

トークイベントには、八木喜平の娘婿の大谷将夫さん、中村美喜子さん、それに杉浦明平と交流のあった元愛知大学教授の別所興一さんも加わり、お話がありました。『八木喜平歌集　タテイトヨコイト』は、渥美半島の地で機織り職人として生きたアララギ派の歌人を偲んで編まれた本です。日々の生活を詠んだ歌の数々のなかに、八木に宛てた杉浦明平の文章が織り込まれています。

本を出版したのは、八木喜平の孫の鈴木正子さん。夫の薫さんと出版社ナナルイを立ち上げたばかり、この本が最初の一冊とのことでした。

トークイベントが終わった会場で、わたしは初対面のお二人に声をかけ、母の手紙に目を通していただけないかとお願いしました。近年の出版事情は厳しいと耳にしていたので、出版社を立ち上げたことに心を打たれて、声をかけてみる気持ちになったのです。そのとき、お二人とも、私が勤める大学の卒業生だと知りました。

ナナルイに編集作業も引き受けてもらい、その過程で、手紙のほかに、母の短歌と既存の文章も加えることにしました。

母が歌を詠むようになったのは、一九九四年、六十四歳のときです。トンネル問題が終り、ようやくほっと一息つくことができたといいます。移転先で隣人となった上原はるよさんに誘われて、川岸公民館の短歌教室にいっしょに通いました。毎月一回開かれ、先生は甲信越アララギ・ヒムロの北澤敏郎さん、「何でもいいから躊躇うことなく詠みなさい」と励まされたそうです。その翌年に脳腫瘍が見つかり、手術。入院しているときも、作った歌を父が公民館に届けてくれ、短歌誌『ヒムロ』や岡谷市民新聞に載ったものは、すべて父が取って置いてくれたので、母の手元に残ったようです。体調がすぐれず、いっとき会から遠ざかっていた時期もありますが、ヒムロ社を引き継いだ丸茂伊一先生から個人的に誘われて、二〇一九年から再び会員になっています。

短歌教室とは別に、岡谷市が主催した講座から生まれた自分史グループ年輪の会にも参加していました。七十代になってからのことです。六、七名の仲間たちが、手書きの原稿を持ち寄り、印刷業者に託して冊子にしてもらっていました。母の文章だけを抜粋した数ページの『年輪』という冊子が一号(二〇〇一年)から八号(二〇〇八年)まであり、その中から闘病の文章をこの本に転載しています。

母の『年輪』には、文章だけでなく、自筆の水彩のはがき絵が多く挿入されていて、それも教室で習ったようです。地元の学校で美術の教師をしている姪が、おばあちゃんのためにといって、いくつかの歌の場面を水彩画にえがき、絵入りの歌集を手作りしてくれました。母はそれを大切にしています。今でも短歌とはがき絵を作り続けています。母にとっては、手紙よりも、短歌やはがき絵の方に、より強い思い入れがあるのかもしれません。

父が残してくれた母の短歌を、母は切り抜き帖を作って、綴っていました。それとあわせて『年輪』の文章も、ひとの好い義弟がパソコンに入力し直し、テキスト化してくれました。

長年短歌の指導をされてこられた大谷将夫さんに、一九九四年から二〇二二年まで五百余りある母の歌のなかから三十首ほど選んでいただきました。中村美喜子さんには、養蚕のイラスト画を一枚描いてもらいました。養蚕は、かつては日本各地どこでも見られたのですが、今は風前の灯で、若い人には言葉だけでは伝わりにくいと案じてのことです。

写真家の金川晋吾さんにも労をおかけして、母の写真をはじめ、旧川岸村の現在の風景を撮っていただきました。もし、あのトークイベントで、ナナルイのお二人に出会わなかったら、母が元気のうちに本にすることはかなわなかったでしょう。そう思うと、ほんとうに感謝しかありません。その他にも、多くの方々の協力があって出版することができました。本書を手に取られた方々もふくめ、心からお礼を申し上げたいと思います。

片倉和人

[著者プロフィール]

片倉 みどり（かたくら・みどり）

1929年長野県諏訪郡川岸村（現岡谷市）生まれ。幼少期、母を亡くし祖母に育てられる。諏訪市立高等女学校卒業。戦時中は学徒動員で工場労働に従事。戦後、さまざまな仕事を経験し、片倉万吉と結婚。夫の冤罪事件などの困難を共に乗り越える。

九十五歳 みどりさんの綴り方

わたしを育てた岡谷のひとびと

2024年9月1日 初版第1刷発行

著　　者　片倉みどり

発 行 者　鈴木正子

発 行 所　ナナルイ

〒174-0062 板橋区富士見町14-5 板橋本町オフィス101

電話 03-5248-1093 https://nanarui.com/

写　　真　金川晋吾（カバー、口絵）

挿 し 絵　中村美喜子（カバー裏表紙、p.25）

解　　説　片倉和人

デザイン・組版　bird location（吉野 章）

印刷・製本　株式会社シナノ

 ISBN 978-4-910947-05-1 C0095